西荻窪ブックカフェの恋の魔女

迷子の子羊と猫と、
時々ワンプレート

1話　エンドウ豆の上で寝ない。

●西荻窪の魔女、夜●

この店にはたくさんの嘘《うそ》がある。

「この情報過多の世界で、そこだけ見てるのも全力だよね」

古い洋風建築を廃材でリフォームしたブックカフェで月子《つきこ》は、小さなガラスの花瓶《かびん》に挿したシロツメクサと夜のタンポポを見つめている友人に、カウンターの内側から小声でいった。

友人は、この店の嘘の中でもかなり大きな嘘の一つを担ってくれている。

「そうよ。まだ二月なのにうっかり咲いちゃった野の花を、月子が裏庭からむしってきたのを見つめて全力で無理矢理ほっこりしてるのよ。なのに情報過多の世界とかいうワードを大仕事終えたばかりのあたしの耳に入れてこないでくれる?」

やさしく聴こえるけれど中音域の少し掠《かす》れた声で歌うように月子に笑ったのは、肩甲骨《けんこうこつ》まで伸ばした薄い色の髪をゆるく巻いた長身の「花《はな》」だ。

花はいつもきれいな色の服を着ている。今夜はやわらかいラベンダー色の薄いニットに、おだやかな白のパンツだった。

「それは失礼しました。そうだね。この店はゆるっとしたやさしい時間を過ごす癒《いや》しの空間なのに、店に似合わない言葉だったよ」

癒しの空間と形容したブックカフェ「朝昼夜《あさひるよる》」の店主である月子は、まっすぐな髪を一つに結ってだいたいグレーかネイビー、またはグリーンのトップスにチノパンを穿《は》いている。そして濃いデニム地のエプロンをつけていた。

今日のトップスはダークネイビーのニットだ。

ブックカフェと一口にいっても、様々な形態がある。ここは貸し出し用の本や買い取った古書をフロアの中にあるカフェで読むことができる店だった。

そしてカフェでは、店主の月子がカウンターの中から出すワンプレートワンドリンクを注文するシステムになっている。

「ゆるっと、やさしい、癒し……その言葉、全部月子に合わないわ。全部よ。何もかも。板についてない。無理は体によくないわよ、アレルギー起こさないの？　まあいいけど。ワンプレートワンドリンク、お願い。午後八時なのでアルコールね」

「はい承《うけたまわ》りました。って、お花昼にきてもだいたいアルコールじゃない」

「お酒でお店の雰囲気をやわらげようという、宣伝協力よ」

肩を竦《すく》めて花が少し後ろを振り返ると、午後八時の店内には八人の女性客がそれぞれの席で本を読みながらそれぞれのワンプレートワンドリンクを無言で楽しんでいた。

「本を読みながら食事をして、お花は酒を呑《の》んで店の雰囲気を、やわらげ……」

顔を上げて月子が見回した店内には、カウンターの向こうに一人一人がそれぞれに座れるけれど六席の大きな古い木材のテーブルがあった。春には鮮やかな黄色のミモザや白いハナミズキが咲く花木が揺れる窓辺《まどべ》にも、四人が座れるカウンターがある。初夏には木漏れ日がきれいだ。

大きな広いテーブルと窓辺のカウンター、月子が入っているカウンターと合わせて満席になると十五人が座れる店だ。

メインは階段二段分高くなっている奥の豊富な蔵書の書庫だった。

広い貸し本スペースと、売るための小さな古書スペースに分かれている。

「本を読みながら飲んだり食べたり。みんなお行儀よくないのって最高。あたしは月子らしくてこのお店大好き。見て、誰一人としてほっこりなんかしてないわよ」

貸し本の棚にある『低地』ジュンパ・ラヒリ著を今日中に読み終えようとしている短い髪がよく似合う常連の女子は、ほぼ微動だにしない。

きれいなお団子を結っている二十代らしき女性は、リチャード・パワーズを店にくるたびに捲《めく》っては頭に戻ったりを繰り返していて、時折月子に「わかる……」と呟《つぶや》かせていた。

リチャード・パワーズが物理学を専攻していたと知ったとき月子は、物理と文学が融合すると、こうしておもしろいがしかし難解な文学が生まれると納得した。

いつも窓辺でイーユン・リーを読んでいる指がきれいな人が、月子は少し気になる。なんとなくだが、彼女の家には読んでいる本はすべて揃《そろ》っているような気がしてならない。揃っている気がするが、とはいえ翻訳《ほんやく》の上製本は買おうとするととても高い。月子が思うところの「癒しの空間」で、癒されているかどうかはさっぱりわからないが、彼女たちは恐らくこのカフェにそれぞれ価値を見出《みいだ》してくれているようだった。

一人一人の空間が保てるようにすべての席に乳白色の読書灯が真鍮《しんちゅう》の金具でつけられ、その灯《あか》りで本を読んでいる女性客たちは酒にも珈琲《コーヒー》にも食事にも焼き菓子にも本にも、高すぎる集中力を見せている。

常連客たちは若干鬼気《じゃっかんきき》迫るといってもいい勢いで、思い思いの本を真剣に読んでいた。

「……そのようだ。開店時のビジョンと全然違う店になった。何故《なぜ》だ。ビジョンと現実がギクシャクしてる」

「ギクシャクというより、なんならギスギスしてるわね。店主の蔵書に問題があるんじゃないの？」

肩を竦めた花の手元には、劇作家で革命家で政治家のヴァーツラフ・ハヴェル著『力なき者たちの力』が置かれている。

『力なき者たちの力』を読むとき、『闇《やみ》の左手』『ゲド戦記』で有名なアーシュラ・K・ル＝グウィンの『私と言葉たち』を併せて読んでほしいと月子は密かに思っていて、本棚にはあからさまに隣に並べている。『私と言葉たち』には、ヴァーツラフ・ハヴェルの悪口が書いてあると月子は勝手に読み取っていた。

「癒されなくてもいいわよ別に、無理に裏庭で花を摘《つ》んでくれなくても。ううん、摘んでないわ。かわいそうにむしられて……」

花が見つめている小さなガラスの花瓶は「野趣溢れる」と言い張るには無理がある、むしられた風情のタンポポが揺れている。

「蔵書の一部に問題があるのはよく知ってる。それでも私は誰も見なくとも裏庭の野花を摘んで花を飾る。がんばって、ゆるっとやさしい癒しの空間を醸すんだよ」

「はいはい。早くしてあたしのお皿。問題多き本はおなかが空くのよ」

苦笑した花の注文を受けて、月子はこの「朝昼夜」のたった一つのメニューであるワンプレートワンドリンクの支度にかかった。

ワンドリンクが珈琲といわれたら、本日の焼き菓子を出して八百円。花はアルコールといったので、酒のつまみになる作り置きの総菜を皿に盛って、酒を一杯で千二百円だ。ドリンクの追加は珈琲二百円アルコール三百円で受けているが、ドリンクのみの注文は受けない。

何しろ貸し本は読み放題で、時間制限はないのだ。

「月子がどんな無謀《むぼう》なビジョン見てたか知らないけど、知る気もないけど。もう始めて二年だと思うとまああやれてるってことね。店が続いてるのはすごいわよ」

時間制限はないが、常連客たちは気遣いに溢《あふ》れている。今日はこの本を読み終えるという日には、ドリンクを繰り返し注文してくれるのだ。

「満席になっても、焼き菓子か作り置きのつまみをお皿に盛るだけだから一人でやれるところがポイントかな。人件費、私だけ。いやこれ大きいって、始める前に思い知ったよ」

カウンターの下にある冷蔵庫と棚から保存容器と、あたたかみのある少しざらついた楕《だ》円《えん》の白い皿を取り出して、月子は調理台に置いた。

大量に作り置きしたセミドライトマトのオイル漬けは、黒オリーブの塩漬けと一緒に小さく盛った。

瓶詰にして常備している玉ねぎと粒マスタードのマリネの水気を軽く絞り、分厚く切った鹿児島県産の黒豚の生ハムを真ん中に置く。まだ充分に赤く透き通るような肉に、白い脂《あぶら》がとてもまろやかな生ハムだ。

「さあどうだ。国籍不明プレート」

カウンター越しに花の前に置いて、ほどほどに整った眉を上げる。

「めちゃくちゃおいしそうだけど。この生ハム、ユカさんの手作りでしょ?」

「そうそう。ユカさん、鹿児島に帰るたびに大量に作ってわけてくれるんだよ。もちろんお買い上げしておりますよ」

隣駅吉祥寺《きちじょうじ》で鹿児島居酒屋を営んでいる、月子と花にとっては母親世代のユカ手作りの生ハムは、いつ食べても絶品だった。月子も花も、ユカの店の常連客だ。

世界中に続いた大きな禍《か》を、その小さな吉祥寺の店はユカの闇雲ながんばりだけでなんとか乗り越えた。禍の始まりにユカが貯金を切り崩して若い従業員たちを守り抜くのを見て、月子は今の自分には人を雇う力がないと知ることができた。

「さてお酒はどうする、お花。白ワイン？　赤ワイン？　瓶ビール？」

笑顔のままままったくあきらめないユカのようにはとてもできないと思えたことが、不思議と月子の背を押してくれたのだ。

新しいことを始めようとしたときに、自分にできないことを教えられたのは大きかった。

「白ワイン」

注文を問う月子も、白ワインと答える花も、その禍を経ても思ったより変わらずにいる。

「お花は即決だねいつも」

新しいといわれていた生活にはいつの間にか慣れて、けれどすっかり元に戻ったこともあれば、様々な習慣が知らない間に居残っていたりもした。

「それ白か赤かで悩むところだよ。生ハムがあまりにも生々しく生ハムで。厚切りだし」

でも白だとわかっていたと笑って、すっきりと冷えた濃い目の白を、グラスではなくこれも白い蕎麦猪口《そばちょこ》に注いだ。皿と同じく手触りがざらりとしている。

「焼き菓子だと相変わらず珈琲だけなのね。紅茶は出さないの？　……いただきます」

置かれた白ワインを一口呑んで「まろやかでおいしい」と微笑《ほほえ》みながら、花は静かに欅《けやき》の箸《はし》で白い皿からオリーブを取る。

「なんかさ」

小さなため息を、月子は吐いた。

「どうしたの、暗い顔。よしなさいよ暗い顔」

「うんやめとく暗い顔。なんか、紅茶出すと、バレる気がするんだよね」

「……ああ。ああ、うん。わかってるわね。偉いわ月子」

この店は本を読みながら無言で食事をしても誰にも叱《しか》られないので、二人は今小声で話しているが基本は店主に話しかける者は少ない。

それでも、年齢はよくわからないものの三十代半ばくらいで、こだわりのワンプレートと低コストの酒選びのセンスがよく何より蔵書のラインナップの一部に問題のある月子だが、常連客が多いのでそれなりの評価を得ていると思いたい。メイクのセンスはかなり微妙だと月子は自負しているが、本に夢中の人々はそこまでは気づかない。

「そんなに深い愛がないものを出すと、私本体が露呈する。だって既《すで》に、焼き菓子が嘘じゃない。お花が焼いてくれてるのに、みんな私が焼いてると思ってる」

「しっ！」

フィナンシェもパウンドケーキもタルトも焼けてしまうと思われている月子は、実は人生でただの一度も菓子を焼いたことがない。

二年前にこの店を始めたときに花が「開店祝いによかったら」とフィナンシェを大量に焼いてくれたのが大好評で、引っ込みがつかなくなって月子は花にバイト代と材料費を支払って週に一度から二度焼き菓子を頼んでいた。

月子はそのとき初めて知ったことだが、花は副業というよりは趣味で既存の通販サイトを通して焼き菓子の通販をしていた。何もかもがきちんとしている花は菓子製造許可も取り、仕事場に焼き菓子を焼くためだけのキッチンまである。

要は知らない間にその道のプロの資格を得ていた花から、月子は焼き菓子を買い取って店で出しているのだ。

「朝昼夜」のちょっといいバターを使った甘すぎない焼き菓子は、他では食べられない手作りだと評判を呼んでいる。

「なんでもできるお花がこの店やるべきだったのでは」

人々から賛辞を受けながらの二年分の焼き菓子の嘘は重く、眉間《みけん》に皺《しわ》を寄せて月子は頭を抱えた。

「叔母さまからこの家を生前贈与されたから、月子は編集者辞めてブックカフェ始めたんじゃない。あたしにはこの土地でこれだけのお店続けるの無理よ。それにあたしは本をデザインするのが好きなの。それこそ愛よ。愛ある仕事はたいせつ」

月子は元編集者、花は署名入りで仕事をする在宅のブックデザイナーだ。二人は中学の同級生で、お互い実家は出ているが今も家は近い。

三年前に月子は、きっかけがあって大好きな本を作る仕事を辞めた。そのときにいつも何処《どこ》にいるのかわからない叔母が、月子の祖母から相続したものの空き家になっていたこの家を生前贈与してくれた。

「娘のように思っているから、いつかは親のように扱えと叔母には念を押されてる」

作家業をしている叔母は、時々手紙をくれる。手紙に書いてある住所は、毎回まったく違う土地だった。時には国さえ違う。

「叔母さまがずっと同じ場所にいるのは想像がつかないわね。スナフキンなのにムーミン谷がないみたい」

中学からのつきあいの花は、月子の叔母とも面識があった。

一言でいえば叔母は自由で、六十近いが落ちつく気配はない。そんな娘を心配したから母親であった人はこの家を相続させたのだろうに、「私はいらないからあげる」と叔母は月子には過ぎた西荻窪松庵《にしおぎくぼしょうあん》の一軒家をくれたのだ。

「たまに帰ってくるからなんていって、全然帰ってこないなあ。子どもの頃は、フラフラしてる全然大人らしいとこがない、子どもの仲間みたいに思ってたのに。よく考えもせず私がうんっていった途端の手続きは早いわ、退職金は贈与税に使いなさいとか。果ては固定資産税払えるんでしょうね通帳見せなさいとか、しっかりしててびっくりしたな」

子どもの目線で見ていた叔母と、社会の方を向いている叔母は、まるで違って月子を驚かせた。月子の両親が戸惑って、「少し考えたら」と月子に言ったくらいだ。

「人のお身内になんだけど、これだけの家をそんなにちゃんと贈与しちゃうのってしっかりしてるのかどうなのかよくわかんないわ。いいえわかるわ。しっかりなんかしてないわよ。全然」

「そうだね。書類の手続きがしっかりしていただけだ。私は目にもとまらぬ速さでこんな過ぎた家がきっちり自分のものになったから……なんとなく、流れるように店を始めてしまった。愛はあるけど」

ここで何かをしなさいと叔母にいわれたわけではなかったが、贈与されて一年後に「朝昼夜」を始めた。

流れるようだったが叔母の手続きがあまりにもきちんとしていたお陰《かげ》で、月子もさてこの莫大な資産ともいえる家をどうしようかときちんと考えられたのかもしれない。

「きちんと」には「きちんと」で対応した次第だ。

西荻窪はとても暮らしやすい街だ。ここで育ったので、駅から遠いカフェも何かしらの個性があれば客足はあると知っていた。

「そういう感じがいいの。月子のそのナチュラルとも手抜きともがんばってるともなんともいえないスタイルが、女の子たちの夢よ。夢は大事にしないと」

「褒めているのか貶《けな》しているのか。ナチュラルとも手抜きともがんばってるともなんともいえないは、心外でもなんでもなくて本当のことだからこそ辛い」

ずいぶんと的確だと、月子が肩を竦める。

「めちゃくちゃ褒めてるわよ。あたし全然ナチュラルじゃないもん」

「お花はいつもいいにおいがする。させてるのか。えらいな」

「そうよ、えらいのよ。努力していろいろ醸してるのあたしは。生きてるだけで魔女だと噂《うわさ》される月子がうらやましい」

肩に降りた髪を背にはらりと流して、花は箸を手にした。

「生ハムやわらかい、まろやか、おいしい」

うっとりと唸《うな》った花の、その前の言葉に、瓶底に残ったワインを器《うつわ》に移して呑み干そうとしていた月子が咽《むせ》る。

「……その噂、どこ。発信源」

「駅中のコンビニで女子高生。昨日も聞いたわ。西荻窪ブックカフェ朝昼夜の魔女に相談するとどんな恋でも……」

「駅のコンビニで、頼むからやめてくれ女子高生。何一つ責任取れない」

「月子、責任取ろうとしちゃうからね。……ほら見て。あそこにも、善良そうな迷える子羊がいるわ」

セミドライトマトを飲み込んだ花が、一段高くなっている本棚の並ぶスペースでずっと本を選べずにいる女性を振り返る。

「ご新規さんだから」

作法がわからず悩んでいるのではないかと、月子はいいたかった。

花が迷える子羊といった女の子は、本棚の前に長く立っているけれど、よくよく見ると無目的に見える。本を見てはため息を吐き、一歩奥に移動してはまた本の背を見てため息を吐いていた。

「この西荻窪駅から速足で徒歩十五分もかかる一見民家風のブックカフェに、初めて仕事帰りにきちゃう女の子は」

それはもう相当悩んでいるのだろうとは、花にいわれなくてもご新規さんの横顔に書いてある。

「責任取れないってば。私魔女の看板一度も出した覚えないよ」

無理、と強めにいって、駅のコンビニで噂の魔女はやっとワインを呑み干して器を洗った。

●本棚の前の子羊●

私、倉橋真昼《くらはしまひる》十六歳。

みたいな懐かしの自己主張の強い少女漫画の主人公とは気が合わないと、倉橋真昼二十七歳は子どもの頃思っていた。同居していた父の妹、叔母の本棚にそういう物語がいくつかあった。叔母はそれらの本を全部置いて海外にいったきり二度と帰ってこない。二度とだ。

けれど最近、真昼は無性にその気が合わないモノローグを叫びたくなる。

何故と考え込みそうになって、それは考えない、どこも見ないと俯《うつむ》く。

貸し本の絵本コーナーを一通り見て、しかしほとんどを読んできている真昼はなんともいえないため息とともに独り言《ご》ちる。

「『モモちゃんとプー』、『星のひとみ』。わ、エドワード・ゴーリーがいっぱいある。『花さき山』はともかく『八郎《はちろう》』はつらい……なんていったらいいのこのラインナップ」

「松谷《まつたに》みよ子《こ》って恐怖刺激だった……絡まってた根が離れるみたいに、両親が離婚することもあり得るっていう」

松谷みよ子の「モモちゃん」シリーズを、真昼は子どもの頃に読んだ。楽しかった記憶は、モモちゃんの妹のアカネちゃんの友達が愛らしい靴下だったことだ。思えばその小さな靴下も、突然知らない子にもらわれていってしまった。

「怖い。別れもあり得るって知ったことが怖かったのかも」

その絵本の中で、一つの鉢で共生できない二つの樹の根が絡まっていたのをわけてあげたら別々に歩き出したことに、真昼はホッとしてそれから怖くなった。

「でも『ごんぎつね』や米倉斉加年《よねくらまさかね》がないだけまだ……あ……棚の後ろに隠してある……」

よろしかったらどうぞというように二段構えになっている奥には、更なるトラウマになっている絵本たちが並んでいる。

児童書のコーナーは、『海底二万里』、『飛ぶ教室』、『モモ』、『思い出のマーニー』、『トムは真夜中の庭で』、『十五少年漂流記』と、きっと図書館にあるけれど最近読んでいない懐かしい友のような本たちがいた。

「そして『蠅《はえ》の王』にいきつく。わかる。『十五少年漂流記』のディストピア版だもの。カミュからアーヴィング、カポーティ、わかる。あ、イーユン・リー揃ってるの助かるな。翻訳本高いから。子どもの恐怖から大人の恐怖。恐怖から恐怖へのグラデーション」

気になる本が多いけれど、ブックカフェの本だと偏っていると思う本棚から顔を上げて、それぞれの乳白色のきれいな読書灯の下で酒か珈琲を片手にひたすら本を読む人々を見渡す。

「こういう本が好きな客層なのかも。私も好きな本が多い。けど」

翻訳の単行本は三千円近くすることもある昨今なので、おいしそうなプレートを味わいながらも乳白色の灯りの下、皆完読に向かってひたすら走っていた。

「今は、そういう気分じゃないの」

厚みのある物語、苦難を経て最後の頁《ページ》にいきついたときに高揚するカタルシス。真昼も前はそんな物語が好きだったけれど、最近は読む気力がまったくない。乗り越える気力はゼロだ。

何故なのかは少しもわからないけれど、なんだかとても疲れている。気持ちが疲れているのか体が疲れているのか、疲れが大きすぎて区別がつかない。

疲れているから、やさしい物語にやさしくされたい。

「意外、『赤毛のアン』シリーズが全部ある。なんだかホッとする」

やさしさを求めて、赤い背表紙の『赤毛のアン』を真昼は手に取った。

「真新しい」

今製本してきましたという誰一人捲った形跡のない旧訳版の文庫に、首を傾《かし》げる。

やさしくてきれいな世界がその新しい紙の中にあるのではないかと思いながら、真昼は本を棚に戻して、息を呑んで奥の販売スペースに足を向けた。

ここはそんなに本がない。

売られている古書は、何処かから預かったようにてんでバラバラだった。『浮世絵でめぐる江戸の花』、『十字軍の歴史』、『世界の食虫植物図鑑』、学術書や図鑑、図録が多い。もし探している人がいれば宝の山なのかもしれないが、残念ながら真昼にはどれもよくわからない。

「あるのかな。魔法の本」

友達に教えられた、この古書本棚にあるという一冊の本を真昼は丁寧に探した。

「私には、必要ないと思うんだけど」

時折目に入る『拷問《ごうもん》と刑罰の中世史』のような残虐《ざんぎゃく》な題に息を呑みながら、それでも一冊一冊本の背を見つめてしまう。

「どうして探してるんだろう。私」

いらないのに、と何度も、心でも言葉でも呟く。

心で呟いているはずの言葉が、何もかもが小さく口から出てしまっていることに真昼は気づけていなかった。

本来真昼は、こんな静かなブックカフェで、どんなに隅《すみ》っこで小さな声だとしても独り言をいうようなタイプではない。

ここにきたのは友達に教えられたからだと、誰かに聞かせるように言い訳が無意識に口をついていた。

「……あった」

北側の角、天窓の下の棚の一番上に、意外にも新書の形をした古書としては価値があるようには見えない本を真昼は見つけた。

「『野の花、春』」

ソフトカバーのハンドブックは恐らく誰かが何度も捲っていて、古書に違いはない。

「……三万円……？」

発行年月日もそう過去ではないので古書としての価値とも思えず、真昼は定価三千円のその本を何度も見直した。

●彷徨《さまよ》える子羊と魔女とただの女と●

北側の奥、一番高いところにそっとさしてあるその本を、思い詰めた横顔の子羊が手に取ったのがわかって月子はため息を吐いた。

張り直した床は音が響きにくいはずだが、子羊の決意の踵《かかと》がたてた音が高い天井に響く。

「あたし、そろそろ帰ろうかしら」

「待って待って。帰ったら駄目でしょお花」

同じ気配を察した花がワインを呑み干そうとするのを、月子は慌《あわ》てて止めた。

「あの」

花がワインを呑み干した刹那《せつな》、きれいなグレージュのシンプルなラインのコートを纏《まと》ったままの女の子が、その隣に立つ。

「すみません。あなたが魔女ですか？」

手に『野の花、春』を握りしめた子羊は、まっすぐ花に尋ねた。

「いいえ、あたしはただの女よ」

ゆるく巻いた髪をラベンダーのニットの肩で揺らして、ふっくらした唇に花が弧《こ》を描かせる。

すかさず月子は、花の器にサービスというよりは懇願《こんがん》という名の二杯目の白ワインを注いだ。

「し、失礼しました！」

余程緊張していたのか子羊は深く頭を下げて、よくよく見ると花に「ただの女」といわせた非礼に気づいたようで瞳に絶望を湛《たた》える。

「ごめんごめん、めんどくさいことといって。生物学的にはあたしはXY、Male。でも社会的にはただの女なの。そして魔女はこっちよ」

戸籍上はまだ男よと肩を竦めて、花は掌《てのひら》で月子を指した。

「魔女ではございません。店主です。お買い上げですか？」

花を小さく睨《にら》んで、月子が精一杯子羊に微笑む。

「あの……友達に、聞いたんです。ブックカフェ『朝昼夜』でこの本を買うと、魔女がどんな恋の悩みも解決してくれるって」

魔女の看板を一度も掲げたことのない噂の魔女は、そんなことは請け負っていないと眉間を押さえた。

「そのお友達、昨日駅のコンビニにいた女子高生？」

二杯目をサービスされてしまったので仕方なくカウンターに残った花が、笑みを絶やさず子羊に尋ねる。

「そんなに有名な話なんですね」

「あのね、それ」

「まあ、座ったら。コート脱いで」

ものすごい都市伝説だからといおうとした月子を今度は花が遮《さえぎ》って、左隣の席を子羊に勧めた。

「あ、そうですね私。ここあったかいのにどうして」

その余裕がなかった自分に驚いたように、子羊がコートを脱ぐ。

中はウエストに細いベルトのある紺色のワンピースで、長めの裾《すそ》がきれいなフレアーを見せていた。

「話だけでも聴いてみたら。月子」

子羊が必死よと、花が眉間に指をあてたままの月子に投げる。

花が投げてくる通り、女の子がどうやら必死の様子だとは月子にもわかった。

「……聴くだけでしたら。小声で。オーダーはお願いします。ワンプレートワンドリンク。アルコール or 珈琲」

恋の悩みをなんでも解決するなどとそんな無責任なことはとても引き受けられないが、こんな風に追い詰められた顔をした女の子を、月子は無下《むげ》にできない。

解決はしてあげられなくても、月子にはこんな子に渡してあげられるものが一つだけあった。

「珈琲でお願いします。あの、でも私」

誰にいわれなくても子羊は、店中のお客が読書に集中している広くはない店内で、大声で話すタイプではないようだった。

「友達に、魔女さんの話をされて……でも勧められたりしたわけでもなくて」

テーブル席とカウンターには距離があるものの、静かすぎて自分の話をしづらいのか、子羊は無意識にか身を乗り出す。

「恋の悩みも、ないのに。なんできちゃったんだろ、私。……音楽、ないんですね」

せめて音楽でも流れていればと子羊は、自分の言葉だけが自分に聴こえていることに不安を覚えているようだった。

「本読んでるときに好きじゃない音楽流れてたら、ものすごく邪魔じゃない？」

まずは一人の客人に精一杯の歓待をすることがそもそも店主の務めだと、月子がほとんど独り言の子羊の呟きに答える。

「そうですね。好きな音楽でもこの本にはこの音楽じゃないとか、いろいろ音楽は難しいです」

珈琲をいれ始めた月子からの言葉に、少しだけ緊張が解けて子羊がなんとか息を吐く。

「音楽はホントに感覚よね。はじめまして、あたしは花」

「はじめまして、花さん。私は……倉橋真昼と申します」

「お花と呼んであげて。私は月子」

濃い香りの立った珈琲を白地に黄色いクロッカスの絵が描かれたカップに移して、月子は真昼の前に置いた。

「本日の焼き菓子は、ブルーベリーのフィナンシェです」

小さめの白いプレートに、本当は花が焼いたフィナンシェを月子が載せる。

ブルーベリーは月子が自分で大量にジャムにしたものを使っていて、花が型の真ん中にそれを置くと焼き上がりには見事な青紫が散った。頰張《ほおば》れば、そのほんの少し焦げたバターと甘酸っぱいブルーベリーが一緒に口の中に広がる。

月子にはとてもできない技だ。

「わあ……大好きですフィナンシェ。ブルーベリーの青すごくきれい。サファイアみたい」

こんなにきれいでおいしそうなフィナンシェが焼ける魔女なら、何故自分がここにきてしまったのかわからないという謎にさえも答えてくれるに違いないという空気を醸した真昼から目を逸《そ》らして、月子が花を見る。

焼いた本人は更に目を逸らして、花瓶のシロツメクサと閉じたタンポポをつついていた。花から買い取ったものを自分が焼いた素振りで出している焼き菓子の大嘘は、魔女の都市伝説に拍車をかけているのかもしれない。だとしたらそれは嘘を吐いている月子の自業自得ともいえた。

「いただきます」

フィナンシェを小さく一口食べて、真昼は浅く息を吸ってみせる。

「私」

このまま珈琲とフィナンシェで帰される気配を感じ取ったのか、顔を上げて真昼が月子を見た。

「とても、素敵な彼と一年後に結婚予定なんです」

「それは、おめでとう。タロット占いでもする?」

素敵な彼と結婚するなら占いくらいが妥当であろうと、頷《うなず》いて月子が尋ねる。

「占いできるんですか?」

「いや。実はタロットもない」

「なんなのですか……」

「私はブックカフェ『朝昼夜』の店主です」

　それ以上でもそれ以下でもないけれど、貸し本に古書販売に飲食にアルコール提供であれこれ資格や免許を取るのが本当に大変だったと、月子は力強く頷いた。

「ちょっと個性的なラインナップですよね。本棚」

「貸し本は私の本と、叔母から預かってる本。子どもの頃から読んできた本、私も叔母も全然捨てられなくて」

「ある意味夢の店よ」

　仕事場兼住居から溢れた本を整理して倉庫に預けている花が、木材を燻《いぶ》したような色の本棚に並ぶ本たちに苦笑する。

「私の実家にも、叔母の残した本があります。捨てないでねって外国にいってしまって。それきりです」

「へえ。うちの叔母と同じ。本を置いてほとんど帰ってこない。出てったきりなのは、もしかしたら世代かもね。結婚やらなにやらうるさくいわれてやんなっちゃったって、いってた。取りにこないかもしれないんだけど、私は捨てない」

本を置いて外国に「いってしまって」と聴いて、月子は多くの家にそんな叔母がいるのはわかる気がした。

月子の母親世代は、女性が結婚しないという選択肢を持てた始まりの頃だった。始まりのときには、家庭に入らないのは普通のことではないと大声でいわれたと聞いている。普通ではないと咎《とが》められるのは、さぞかし鬱陶《うっとう》しかっただろう。

始まりの女たちは、たくさんの本を読んで、たくさんの本を家に置いて、たくさんの本を捨てないでねといって何処かへいってしまうものなのかもしれない。

「貸し本のところの『赤毛のアン』だけ、買い直したんですね」

「あれだけ新しいの、気づいたんだ？　真昼さんはエンドウ豆が気になって眠れないお姫様みたいだね」

「え!?　絶対いやです……っ」

アンデルセン童話の中の『エンドウ豆の上のお姫さま』に喩《たと》えてくすりと笑った月子に、真昼はうっかりというように静寂に相応《ふさわ》しくない声をたてた。

真昼は慌てて後ろを振り返ったけれど、本に集中しているお客たちはちらとカウンターを見たりまったく気にしなかったりとそんな感じだ。

「ごめんなさい、大きな声たててしまって」

「私がいらないことをいったかな」

月子が真昼になぞらえた『エンドウ豆の上のお姫さま』は、ある夜ずぶ濡《ぬ》れの見すぼらしい様子の女性が絶賛花嫁募集中の王子がいる城に寝床を求める物語だ。王子の母親、王妃がベッドの上にエンドウ豆を一粒置き、豆の上に二十枚の敷布団を敷いて二十枚の布団を掛けたが、彼女は一粒の豆が気になって眠れなかった。たまたま居合わせたもう一人の煌《きら》びやかなお姫様はぐっすりと眠った。エンドウ豆に気づけた神経の細かい彼女は、めでたく王妃に王子の花嫁に選ばれる。

「でも私は、あのエンドウ豆が気になって眠れないお姫様と友達になりたかったけどな」

悪くいったつもりはないと、月子は肩を竦めた。

「神経質でいやな感じじゃないですか？」

「私は豆に気づかないで死ぬかもしれないから、気づいて助けてくれる友達が欲しいと思った。まあ、だからお花とは長い友達」

「時々命を救っております」

「こんばんは破《わ》れ鍋《なべ》です」

「綴蓋《とじぶた》です」

月子と花が神妙な顔でいうのに、真昼が小さく笑う。

「あのお妃が毒殺するかもしれないじゃない、花嫁を」

「怖い。そんなこと考えてないです私」

「あなたがとても聡いということだよ。『赤毛のアン』はなんていうか、体裁としてブックカフェ始めるのに買った。奥付見てみて、昔の翻訳だけど最新の版だから」

「読んでないんですか？」

「なんかタイミング逃しちゃって……」

「名作ですよ。辛い現実もちゃんと描かれてます」

あれだけの蔵書を持っていて『赤毛のアン』だけ避けて通るのがイメージのせいなら、それはもったいないとそんな風に真昼は首を振った。

「作者のモンゴメリ自身がそういう人生だったらしいね。噂には聴いてるんだけど、タイミングを逃してというよりは」

「まあ、月子の気持ちもわからなくもないけど」

白い器のざらつきを指で撫《な》でながらワインを呑んで、花が口を挟む。

「わかるって、どんな気持ちですか？」

読書が好きなのに『赤毛のアン』だけ避ける気持ちのことを、真昼は花に訊《き》いた。

「んー。女の子って、大変じゃない？」

肩を竦めて、短く花が答える。

もう一口ワインを呑んで、今度は長く花は考え込んだ。

「ああいう、女の子の大変や幸せがいっぱい詰まってるんだろうなみたいな物語で、共感したり納得しちゃうのが怖いっていうのはあるわよ。あたしも」

ゆっくりした言葉で花が語るのに、いわれた意味が真昼にもなんとなく伝わったようだ。

「お花さんや月子さんは、そういうことで自分が揺れたりするんですか?」

「お花はどうかな。私は揺れる。揺れる揺れる簡単に揺らぐ」

「そんな風に見えません。すごく、なんていうのかな。安定してて、自然体です。ナチュラル」

さっき話していたワードが出て、月子と花は目を見合わせた。

「それ、全力でやっております。自然体ってなんだろうってずっと思ってる。ホントだよ」

冗談や謙遜《けんそん》のつもりではないと、月子が小さく首を振る。

「自然に見えるけど……」

「自然って?」

月子が問い返すと、真昼もすっかりわからなくなったというように目を見開いた。「自然」を探してか、隣の花の長い指に似合う白い陶器の器を、その瞳でぼんやりと見つめている。

「ワイングラス、ガラスじゃないの珍しいですね」

きれいなものしか置いていないカウンターからゆっくりと店内を見渡して、やっと真昼の緊張がやわらいでいくようだった。

楕円や円の少しざらつきのあるプレートは白くあたたかで、月子が真昼に渡したカップにはクロッカスが咲いている。花の手元のワインが注がれる白い陶器は落ちついていて、小さな花瓶にはシロツメクサとタンポポを飾っていた。

それらを数えるように、真昼は丁寧に一つ一つを見ている。

「ガラスって、割れたときに指とか切るとすごく痛いじゃない？」

もしかしたら、うつくしいこと、やさしいこと、楽しいこと、を。感じる心の領土がとても狭くなっているかもしれない子羊に、それを問いかけはせずに月子が笑いかける。

「何かの比喩《ひゆ》じゃないよ」

尋ねなくとも、真昼は狭い領土が痛そうなまなざしをしている。

月子がそう思うのは、同じような顔を自分もしたことがあるからだ。

「これ、本当に買うの？」

さてどうしよう困ったと苦笑して、文字通り棚上げになっている『野の花、春』を、月子は見た。

「……そのつもりで、ここにきました。でも、どうしてその本が必要なのかは少しもわかりません」

さっき告げられた通りなら、真昼はとても素敵な彼との結婚を控えている。

「どうして私が、恋の悩みを解決してくれる魔女からその高価な本を買おうとしているのか……それを教えてほしいです」

　そんな彼女がそれを尋ねたいという気持ちだけは、聞いている月子にもよくわかった。

「とても素敵な彼と来年結婚予定の子が、この本を摑《つか》んで三万円払うということは」

　よくわかるので、とりあえず口を切る。

「……はい」

　判決を待つような表情で、真昼は縋《すが》るように月子を見つめ続けていた。

「払うということは、うーん。いったい、どういうことなのかな？」

　しかし期待に応《こた》えたかったものの、本気で首を傾げるはめになる。

「え？　あの」

「こちら、一生懸命一緒に考えてくれる系魔女よ」

　ばっさり裁決してくれる魔女、なんなら火あぶりにしてくれる魔女からの言葉を待っていたのだろう真昼が、花の言葉に目を瞠《みは》っていた。

「魔法の杖みたいなので一発解決してくれるのが魔女なんじゃないんですか……？」

「それは魔女が一人歩きしてる」

　そんなわけはなかろうと、魔女については強く月子は否定した。

「一人歩きしてるのは魔女じゃなくて噂よ。最初にこの本を買おうとした女の子に、大丈夫？　って訊いちゃって、月子」

「……どうしてですか?」

「今あなたにもいったけど、この値段のついたこの本正気でお買い上げくださると思えなくて。それはつい訊くよ。大丈夫? 値札見えてる? 世界見えてる? って」

うっかり訊いたのが運の尽きだったと、一人歩きしている噂の始まりに月子がため息を吐く。

「もちろん全然大丈夫じゃなくて、そのときその子の悩みを聴いちゃったの月子。解決もしたかしらね。そこから魔女が歩き出したわけ」

「歩き出したのは魔女でなく、魔女の噂だ。それにあのぐらいグラグラしてたら、どうしたの? って話聞いただけで誰だってあの子の魔女になれるよ」

魔女と自分は他人であると月子は肩を竦めて、屈んでレジ台の下の引き出しを開けた。

「この本じゃなくて、ワンプレートワンドリンクの回数券にしといたら? とりあえず。焼き菓子と珈琲が五枚で三千五百円。お総菜とアルコールは五枚で五千円。本日の分も含めましょう」

「魔女ビジネス……」

普通の回数券を勧められていると、真昼は頭を抱えている。

「本はまたあとで考えたらいいよ。回数券の方が良心的な値段だって。この本の値段に良心はない」

「そうなんですか?」

「うん。だって他の古書店、ネットとかで同じの探してみなよ。多分そんなに部数刷ってないけど、それでも千円くらいかな」

「え」

ならば三万円の値段がついているのはやはり、この本を買えば恋の悩みが魔法の杖で一発解決されるからなのではないかと、エンドウ豆には気づくはずの子羊は惑いに惑っているようだった。

「この本の価格に良心はないのである。なんとなく置いてるだけ」

「恋の魔女の本だって聞いたのに、なんとなくって……」

「やっぱり必要なんだ? 恋の魔女」

揶揄《からか》うようにではなく、すっかり己を見失っている子羊の気持ち探すのを手伝って、月子が尋ねる。

「いいえ……結婚前ですから、必要なはずはないんです。だけど……『エンドウ豆の上のお姫さま』みたいだっていわれたら、どうして魔女を探していたのかだけはわかった気がします」

「どうして? それは知りたいな」

軽く、月子はいった。

「なんだかずっと、真綿で丁寧に包んだような、本当に小さな小さな、あるのかないのかもわからないエンドウ豆みたいな違和感が……手の中にあるような、気がして。でもきっと気のせいなんです」

違和感といってしまったことに、慌てて真昼が首を振っている。

「気のせいなんだ?」

ただ丁寧に、月子は問いを重ねた。

「わからないです。真綿の中には何もないのかもしれない。何かあるのかもしれない。わからないし見たくないけれど、心にそれがずっと引っかかって……」

疲れている。と、小さな声で真昼が言葉をこぼしてしまう。

疲れ切ってしまったので子羊が、魔女を訪ねてきたことはよくわかった。

「……とりあえず回数券にさせてください。ダイエット中だけど、でもフィナンシェおいしい。珈琲の回数券でお願いします」

「ダイエット」

華奢《きやしや》な肩をした真昼の言葉に、月子も花もどうしても困った顔になる。

「月並みな言葉だけど、必要?」

気持ちに触らないように、揶揄《やゆ》もせず咎めもせず、尋ねてくれたのは花だった。

今の真昼の細さで更にダイエットは、年上の女たちを不安にさせる。

「必要に迫られていて。でも、そんなに食欲も」

続く言葉を呑み込んでしまって、真昼は首を振った。

「二人がかりなんですね」

噂のブックカフェの魔女はと、顔を上げて真昼が花に微笑む。

「違うわよ、あたしは見張り役。魔女って基本はろくなことしないじゃない。見張ってないとあたしの友達が火あぶりになっちゃうかもしれない」

「本当に魔女じゃないんだけどな」

違うといいながら肩を竦めて、コンビニで噂の魔女は子羊に回数券を手渡した。

「……次の焼き菓子、楽しみです」

財布から子羊が、回数券の対価を月子に差し出す。

ビジネス魔女のカウンターに、「真綿」という言葉がそっと置かれた。

けれどその真綿は、子羊の手の中にするりと帰っていく。

真綿は子羊を離れない。

●二階の山男●

「今日、かわいい女の子がきたんだよ」

店を閉めて住居になっている二階に上がって、店で出しているおつまみ用のプレートにあたたかいポトフを足して月子はテーブルに並べた。

「どんな子？」

テーブルの椅子《いす》に座って雑誌を捲っていた彼が、顔を上げて尋ねる。

「『エンドウ豆の上のお姫さま』みたいな女の子。いただきます」

あたたかいうちにと、月子は先にポトフに手をつけた。

野菜を煮込むポトフの味がどうにも決まらないと月子は試行錯誤していたが、ソーセージやベーコンの代わりに豚のスペアリブを使うようにしたら、骨からいい出汁《だし》が出るのかおいしくなった。

「いただきます。……それは」

雑誌を置いて、彼もポトフを口に入れる。

「月子にとても必要なお姫様だな。うまいよ、このシチュー」

「これはポトフというんだ。そうそう、私は布団が一枚でもエンドウ豆に気づかない」

「その方が幸せなんじゃないのか？」

「でもエンドウ豆はあるわけだし、急場でエンドウ豆が転がり出て足を滑らせるかもしれない」

肩を竦めて、月子は器に赤ワインを注いだ。

「そうだなあ」

いわれればと、彼がちゃんと考え込む。

「だけどその急場のことをずっと考えてるくらいなら、転ぶときは転んどいたらいい」

「……転んでもいいときと、よくないときがあるよ」

「エンドウ豆のことを考え続ける人生でいいのか？」

「考えてないよ。だって気づかないから」

そっか、と笑った彼はごく当たり前の社会人に見えなくもない男だった。

そんなややこしい描写になるのは、シャツにデニムで髪を普通に短く切って少しはハンサムかなどうかなという中肉中背の男なのに、中身はそれほどごく当たり前でもないからだ。

「春の花が咲き始めたね」

彼は、山に入って野草を写真に撮ることを生業《なりわい》としていた。山の中でも、簡単には踏み入れられない高い山や険しい山のようだ。

「山は寒いからまだだ」

本人曰《いわ》く、最初から仕事にしようとしたつもりではなく、好きなものを写真に撮っていたらそれが仕事になったそうだ。

月子は出版社に勤めているときに、仕事相手として彼と知り合った。二十代の終わりだった。

「山が恋しい？」

こうして一緒にいるようになって何年も経《た》つけれど、彼は一度旅に出ると何か月も帰らないどころか連絡もない。

「ポトフがあったかくておいしい」

おだやかに、彼は笑った。

マスタードが欲しいけれど切らしている。店の冷蔵庫まで取りにいく気にはなれず、そのまま月子はポトフを口に運んだ。

「アンデルセンって、グリムよりはやさしいよな」

「だってグリム童話は民族思想の基盤になるために創《つく》られてるから。もともと」

「そうか、常に刑罰が含まれる童話だ。やさしさとか関係ないな」

「うん」

童話の話をして夜が深くなる。

たいていの男には自分の話がつまらないと、いつからか月子は気づいた。

本のことその国のこと文化や宗教、人。

ただ好きなので、月子はたくさん本を読んでいろいろ知りたいし知って感じたことを語ってしまう。

きっと同じに楽しく語って笑ったり喧嘩《けんか》したりできる彼が現れて初めて、今までの恋人は「聞いてくれていた」と気づいた。

「ねえ」

「ん？」

「裏庭には青い小さな花が咲き始めた」

名前をいわずに、月子が教える。

「それはオオイヌノフグリといって」

「知ってるよ。あんまりな名前」

「最後まで話させろよ」

彼は野の花の説明がしたい。

「聴かせて」

誰の前よりもきれいに微笑んで、月子は彼の言葉を待った。

とん、と指先でテーブルを叩く音がする。

それは彼の癖だ。

●彷徨える子羊と女友達と●

手の中に真綿のようなものを握ったまま、土曜日の昼、真昼は大学時代の友人とベトナムカフェでランチをしていた。

段々と真綿の存在感は大きくなっている、ような気がする。

エンドウ豆の上のお姫様だといわれたせいだ。口に出したのだから、あの店に置いてきてしまいたかった。

「どうだった？　ブックカフェの魔女。タロット占いとかそんな感じ？」

もうすぐ十年のつきあいになる八重《やえ》に問われて、真昼が鶏《とり》のフォーに咽る。

「……っ、魔女って。そんな感じじゃ全然なかったよ」

月子と花に話した「あそこに魔女がいる」と教えてくれた友達は、大学一年のクラスからずっと一緒にいる目の前の八重だった。

「なんか、変だったかな。これから結婚する真昼に、恋愛がなんでもうまくいく魔女の話するなんて」

ごめんと、八重が申し訳なさそうに頭を掻《か》く。

「なんでもうまくいく感じじゃなかったけど、おもしろかった。楽しかったよ、魔女のブックカフェ」

花はともかく、月子はどう見ても魔女に見えなかったものの、そうだあの時間は久しぶりに楽しかったと今になって初めて真昼は気づいた。

「ならよかった」

ホッとしたように、八重が笑う。

そうして八重が笑うのを見て、ようやく真昼は、教えてくれたのが八重だったからこそ魔女を訪ねたのだとわかった。

安堵《あんど》の表情を見せた八重は、何かを心配してくれているように見える。

本当は真昼は今、誰にも何も心配されたくない。何一つだ。もうこの先の人生がほとんど決まってしまっているのに、そこに何か不安があるとは考えたくない。

歩き出した道を変えるのは、絶対に無理だ。

手の中に真綿があるのは知っていたけれど、真綿の中のことからは目を逸らし続けていたのに。

「このフォーもおいしい」

ダイエット中だと知っていてちゃんと低カロリーのランチを選んで誘ってくれた八重に、真昼は笑い返した。

八重が教えてくれた魔女だから、真昼は会いにいった。大丈夫、何も心配しないでと真昼は八重に教えたい。

「ならよかった」

さっきと同じ言葉を繰り返した八重に、真昼は最近大切な話を友人としていないと、ふと気づいた。

●彷徨える子羊と魔女とただの女と　その2●

月曜日の夜の「朝昼夜」には、五人の女性客がそれぞれのテーブル席と窓辺のカウンターについていた。

絶対に家に持っていそうなイーユン・リーを、指がきれいな人が窓辺で読んでいる。その人の指を確かめるのが、店主の習慣のようだ。

「あなたがその顔を世界に発信できたら、だいたいのことは解決する気がする。駅のコンビニで女子高生に噂の魔女に頼らなくても」

カウンターの中から月子が、六人目のお客、真昼に声をかけてくれる。

「コンビニの女子高生って、時々真実を語ってる気がします」

自分がどんな顔をしているのかには触れず、後半の言葉にだけ真昼は反応した。

「怖いものがないからかしらね。確かにコンビニの女子高生、そのとき真理をついてたわ。

男ってどうしてすぐにバレる嘘つくんだろうねー、バレてることに気づかないのがみっともねーっつうの！　という真理をコンビニコスメの前で繰り広げてた」

七人目のお客の花が、真昼より先に始めていたワインを呑みながら肩を竦める。

「女子高生、すごいですね」

花の言葉に笑って、真昼はふと自分の頬に触れた。

肌が突っ張るような、引き攣《つ》れるような感覚が痛い。長いこと、大きく感情や表情が揺れていないと、気づかされるような痛みだ。

「スケスケの嘘がバレないと思うってことは、見えてる世界が違うんだろうな」

男と女はとざっくりわけていいものでもないかと独り言ち、月子はそこで言葉を止めた。

まだ違和感がある頬に触れたまま真昼は、見えている世界が違うという言葉に今度は心を引っ張られた。

「私、ちゃんと幸せな顔してます。来月、ウエディングドレスを仕立てにいくんです」

頬から手を離せずに、けれど幸せを言葉にしなくては不安に呑み込まれる気がして真昼はいった。

「仕立てるんだ？　すごいね」

カボチャのタルトをホールから切り分けて、月子が白いプレートに盛る。

目の前に置かれたタルトを、「ありがとうございます」といって真昼は眺めた。

カボチャの生地が敢《あ》えて粗く裏ごしされて繊維を残しているのが、焼け目からもわかる。種を模した半分に切った乾燥ピスタチオが、ワンピースに一つ載せられていた。

「彼のご親戚が……」

すごいといわれたことに今更気づいて、真昼はそれを否定したいけれど言葉が途切れてしまう。

「ご親戚が仕立ててくれるの?」

途切れた続きをしばらく待ってから花がやさしく尋ねてくれて、鰯《いわし》のマリネに玉ねぎと蜂蜜と粒マスタードのマリネを載せて口に入れた。

鰯は青く光っているうちに三枚に下ろされて皮を剝がされ、レモン汁に漬けられている。塩と胡椒《こしょう》のシンプルな味付けに、濃いオリーブオイルとディルが風味をきかせているのが、真昼の席にもわずかに香った。

「いえ、仕立て屋さんの話です。彼のご親戚が、昔仕立ててもらった、皇室御用達《ごようたし》の……ええと」

「それほぼ他人じゃないのか」

なんの話だと月子は、今夜は薄い珈琲を黄色いミモザの描かれたカップで飲んでいた。

「仕立て屋さんだから他人でいいのよ、月子」

「あ、そっか。芸能ニュースみたいだなと思って」

上手《うま》いことをいうと、他人事《ひとごと》のように真昼は思った。

「でも、ほぼ他人なんです」

自分の話ではない、たまたま見かけた知らない人の記事のようだ。

手元が無意識に、カボチャのタルトを木のフォークで小さく切ってしまっている。

このカウンターに置き去りにできなかった真綿が、必死で真昼に何かを訴えているような気がした。

「ウエディングドレスを華々しく仕立てる女の子の顔かな」

「女の子」

心配した月子の言葉を、無意識に反芻《はんすう》する。

「ごめん。女の子、違和感？」

「久しぶりにいわれたから不思議な感じだっただけで」

嬉《うれ》しいのか嬉しくないのか違和感なのか、問われても真昼にはよくわからなかった。

「あたしは誰にいわれても嬉しいだけ」

表情だけでなく心があまり大きく動かない真昼に見かねたように、花が言葉を挟む。

「女の子盛りだもんな、お花。お花も結婚するんだよ」

女の子という言葉が嬉しい花の近況を、月子が真昼に教えた。

「そうなんですか？　おめでとうございます」

「法律が変わったらね。杉並区《すぎなみ》はまだだから、待ってるところ」

「法律が変わるのを?」

「形だけでもパートナー申請できるところに引っ越そうかと思ったこともあるけど、何処でもちゃんと結婚できるまで待つわ。一応あたしも少しは意地を見せるのよ」

肩を竦めて、自分には似合わない意地だと花が笑う。

「幸せでいると、ずるいとかいわれちゃうからな。お花は」

「ずるいなんてそんな」

「楽してるように見えるのよね、あたし」

それは知ってると、花はため息も吐かなかった。

「どの角度からもお花はきれいに幸せに見えちゃう。女の子にもずるいっていわれちゃうんだよ。私もいったことあるな、ごめんお花」

「大丈夫、すぐ忘れるからあたし」

すぐ忘れないとやってられないと、花の声は軽やかだ。

「白鳥は水面の下では実は、みたいな感じですか……?」

尋ねていいのか真昼は迷ったけれど、朗《ほが》らかでやさしく余裕があるようにしか見えない花が、そのための努力をしているというのならそれを見習いたい気持ちになった。

「努力とか我慢とか、してることはしてるけど。でも他の人はもっとしてるのかもしれないし。人とは比べようがないからわかんないわね、それは。恵まれてるってよくいわれる」

きれいな唇で笑った花の実際の心は、会って二度目の真昼にわかるものではない。

「お花はきれいでなんでもできて。なんだろな。その二つが揃うと、やっかまれるとこで理解が止まっちゃったりするのかも」

よくない。と、自分にもいいきかせて月子は肩を尖《とが》らせている。

「女の子なんて言葉に引っかかって、私」

「そんなこと気にされる方がいやよー。引っかかったら引っかかっていいのよ。月子に文句いいなさいな。それにしても今どきちょっと珍しいわね、仕立てるなんて」

すぐに花は明るく話を変えた。

こういう場面は何万回もあって、きっととても嫌なときでもそうして場を変えることに花がすっかり慣れているとだけは、真昼にもわかった。

「私は……一度しか着ないし、それに本当は着たかったドレスがあって」

それ以上花に自分の話をさせないことが真昼にできる精一杯で、真昼自身のことを語る。

そもそものためにここにきている。ビジネス魔女に会いに。

「どんな?」

着たいドレスがあるなら是非《ぜひ》聞かせてと、月子はカップを置いた。

「普通の、ドレスなんです。デコルテが少し広く開いてるけど、七分袖《そで》で肩もあって。飾りはなくて、白すぎないシンプルなドレス」

「似合いそうよ。そういうの仕立てたら？」

素直に聴ける言葉を花にもらって、けれど真昼は首を横に振る。

「もう、デザインは決まってるんです。映画に出てくるみたいなデザインで、肩と背中が大きく露出するんです。だから、その日だけスッキリしてたらいいんじゃない？　って」

「誰が？」

「……彼が」

月子の問いに、小食が習慣になって無意識に細かく切ってしまうタルトの前で、真昼は苦笑した。

「やめたら？　その男」

さらりと挨拶《あいさつ》のように月子にいわれて、目を見開いて固まる。

「すっ飛ばしすぎよ月子」

いきなり「彼」を否定した月子を、慌てて花が止めた。

「いやダイエットの時点でもうさー」

うーん、と小さく唸る月子の声は、けれど変に深刻にならない。

「駄目、ですか」

突然とんでもないことをいわれたのに、真昼は何故だかピンときていなかった。

「駄目かどうかは、私が決めることじゃないけど。そうだ、私が決めることじゃないのに。ごめんごめん」

「何いってるのよ月子。それは魔女のお仕事でしょ？」

止めておいてけしかける花を、小さく月子が睨む。

「魔女じゃないし、魔女のお仕事もしないし」

でも、と月子は正面から真昼を見た。

「真昼さんはなんだか心配な感じなので、大丈夫なのかは聴いときたいかな」

「心配、ですか」

心配といわれただけで不安になって、真昼は息を呑んだ。

もう幸せな一生が決まっているはずの今、心配されるだけで怖い。

だってもともと、ほんの少しだけれど手の中の真綿に何か入っているような気がして、真昼はずっとその違和感が気になっていた。

ここを教えてくれた友達も、もしかしたらその真綿の中身を案じているのかもしれない。

「あの本をレジに持ってきた時点で心配だってば。いろいろ見えてない」

「値札、ちゃんと見えてました。高いなって」

けれど今真昼が聴きたいのは、「心配」の反対の「大丈夫」だ。だから手の中の違和感は無視して、無理をする。

「それに……あの、最初にいいましたけど、友達がここを教えてくれて。あの本をレジに持っていくみたいだよって。だから」

まるで八重に不安の責任を覆い被せているような言い方が嫌になって、言葉を切った。

「友達、か」

「大事な友達がいるのね」

何故真昼が言葉を切ったのかが伝わったように、安心した声を聞かせた花と月子が目を合わせて、二人ともがやさしい息が落とす。

「はい」

友達という言葉にだけはっきりと、真昼は顔を上げて答えた。

「まだ、心配ですか？」

どうしてもその反対側の言葉が欲しくて、問いを重ねる。

「ええと」

何故なのかとてもやわらかい声で、月子がため息を吐いた。

「なんていうかこう。道に枯れ葉がたくさん積もってて、あなたが顔だけ出して埋まってる感じなわけ。今」

掌を目のところまで持っていって月子は、枯れ葉の高さを示した。

「それは……やはり魔女の呪術的な」

わけがわからず、困惑のまま真昼が尋ねる。

「イメージよイメージ。魔女からはどうかお願い離れて。呪術しないしない」

手を振って月子が魔女を振り払った。

「私の心象風景ですか？」

「いや、私から見た景色。そんでたくさんあなたの話を聴いてその枯れ葉をちょっとずつ片付けて、あなた自身に道が見えるようにするみたいなことが」

いわれていることをイメージして、必死で真昼は月子の言葉を聴いた。

「カウンセラーさんがしてくれることだよね。でも私は駅のコンビニで女子高生に噂される気短なエセ魔女。コンビニコスメの前で嘘がスケスケの男と一緒に噂される魔女。回数券を売るビジネス魔女だよ。いや、だから魔女じゃないってば」

そしてカウンセラーでもありませんと、月子が念入りに前置きする。

「傾聴っていうのよね。否定せずに話を聴いて、話してるうちに本人も道が見えてきたりするみたいよ。人は無意識に、こうだといいなって話にしちゃうから。それは割と誰でも同じよ。あたしもするわ。そういうのはプロが整理してくれるわよ」

本物のカウンセラーの仕事はそうらしいと、花は隣から真昼に教えた。

「私、必要でしょうか。カウンセリング」

「それは私にはわからない。あなたは聡明だから、必要だったらきっとそのときは自分でいくよ。今とりあえず、この話できたし」

「え？」

「結婚式のために彼氏に痩《や》せろっていわれたこと、今まで誰かに話せたことある？」

話したではなく「話せた」と月子にいわれて、誰にも話せていないと気づく。

「……え……」

一緒に食事をする女友達には「ダイエットしてる」と話すし、それは誰でもいうことだ。本当は八重にだけは、彼がと、いおうとしたことがあった。けれど先に「ダイエットしないといけない」といってしまって、それだけで八重が不安を見せたので理由をいい出せなくなった。

ふと、細かく切られたカボチャのタルトがはっきりと真昼の目に映った。カボチャの繊維に、白い皿の上が汚れて見える。出されたときはとてもきれいなタルトだった。

「見えてる？　世界。こんなにうつくしく私が全力で飾り全力で盛ってるのに」

月子にいわれてカウンターを見ると、小さな小さなガラスの花瓶にオオイヌノフグリが挿してある。

タルトが載ったざらついた白い皿はあたたかみがあって、珈琲が注がれたカップは雪柳が描かれていた。

「最初から、きれいだと、思ってました」

隣で花が呑んでいるワインの器は、この間見た落ちついた白い陶磁器だ。

「全部、見えてます」

いいながら嘘を知る。

見えているけれど、いま月子にいわれるまですべてが記号のように思えていて、真昼はそれを一つ一つ数えていただけだった。

真昼が欲しいのは、「あなたは大丈夫」というお守りだ。魔女から欲しいお札は「大丈夫」だけなのに、その反対側ばかりを魔女は見せる。

「いま、見えた？」

困ったように月子は、真昼に尋ねた。

数えていたうつくしいものの一つ一つを、改めてゆっくりと真昼は見回して息を呑んだ。

「うつくしいこと、やさしいこと、楽しいことの方向見るのって力いるんだよ」

子羊を前に、魔女はいい切った。

「私は、そうだった。弱って俯いてるとき、まずそっちの方を見るまでが大変だった」

「……そっちの、方？」

まだ一つ一つを見ている真昼は、その一つ一つが今更きれいに見えてきたことがただ不安だ。この店は真昼が訪ねた最初の日から、こうして何もかもがきれいだったはずだ。

なのに真昼にはそれが、ちゃんと見えていなかった。

「疲れたり、傷ついてたりすると、きれいなものもじっと見ないときれいだって気づけないのよ」

やわらかな声を挟む花の今日のカーディガンは、薄いカシミアできれいなヒヤシンス色だった。

「すごくきれいなカーディガン……」

「あら、見えた。よかったわ。ありがとう」

「私」

私、の先が、それでも真昼は出てこない。

「ちょっと枯れ葉が片付いたのかも？　お花が見えたならよかった」

少しでもきれいが見えたならよかったと、月子は笑った。

「真昼さんがどうなるのかは、あたしにはわからないけど。この店で与えられることは、ちょっと高めのお皿とお酒か珈琲。そしてせいぜい短気な魔女に枯れ葉の大掃除をされて」

きれいがやっと見えたばかりの真昼は、いつの間にか「私」の先に何も続けられない自分になっていることにも初めて気づいて、これからどうなるのか怖くなって息を呑む。

すると花はきれいに微笑んでいった。

「側溝《そっこう》が見つかったら、男が突き落とされるかも？」

「そんな！」

「いやだ！　と思ったら次回残りの回数券と同額の本を交換します。良心的」

花の言葉を月子は否定せず、魔女ではないけれど魔女ビジネスは良心的だと告げた。

「野の花の本を、買ってもいいのよ」

彼を突き落とされたくないのならと、花の笑顔はどこまでもやさしい。

「そうだね」

月子の顔がわずかに曇《くも》った。

そんな月子の表情に気づく余裕などない真昼は、何も答えられない。

「年上の女たちにいわれても、またまたみたいな感じかもしれないけど。あなた充分きれいだよ」

魔女ではないが枯れ葉を掃く箒《ほうき》を摑んで重い腰を上げたのだと、月子が真昼に教える。

「それ以上痩せろって時点で、あたしも若干アウトではあるかしらね。モデルさんとか、職業ならともかく」

職業だとしても、と仕方なさそうに花もため息を吐いた。

「痩せろなんて、そんな言い方は……」

「彼が望んだんじゃないの？　あなたが望んでないベアトップドレス。プリンセスラインン？」

そういう話に聴こえたと、月子がゆっくりと真昼に問う。

「……私が、決めたんです。ドレス。自分で決めたらいいよって、彼はいいました」

曖昧《あいまい》な途切れ途切れの言葉が、やわらかいけれどとても分厚い強固な綿だ。

「そうなんだ」

自分の話なのに辻褄《つじつま》が合わなくなってきて不安に駆られるばかりの真昼に、魔女が苦笑する。

「そうなんです。いい人なんです。私の仕事も」

「仕事の話、初めてね。仕事帰りだとは思ってたけど」

会社帰りの時間帯なので、店内は皆だいたいそんな服装だ。

「私、宝石業で、主に検品をしてます。続けるかどうかは自分で決めてっていわれました」

「どうすることにしたの？」

「結婚してすぐ、海外に彼が赴任するので」

「辞めろと」

「いいえ。自分で決めなよって、いってくれました」

何か辻褄は合わなくても、やさしい素敵な、理解のある彼だと、そこは真昼は譲りたくない。

「ご親戚筋で仕立てられるドレス、海外赴任。選択肢がどれも一つしかなくない？　それ」

なのにどんどん魔女に枯れ葉を片付けられてしまう。

どうしよう。何もないといいと願った真綿の中に何か見たくないものがくるまっているのかもしれない。固い、痛い、よくない何かが。

そんな怖さを負えるような力は、今の真昼の心にはほとんど残っていなかった。

「そんなに大好きなの？　愛してるならしょうがないわよ」

そういうこともあると、真昼の怖さに気づいて花がフォローをくれる。

「そうだね。素敵な彼だって最初にいってたね」

「そうなんです。私にはもったいないような彼なんです。大学の英会話サークルの先輩で、みんなの憧れで。私なんてとても」

私なんて、と無意識に真昼は声にしていた。

「英語喋《しゃべ》れるんだ？　そっか、海外赴任はそしたら現実的だ」

「英語圏の方とは話せるかどうか……せっかくのサークル活動でも私、英語どころか日本語もほとんど喋ってないんです。後ろにいるのが楽で」

「こんなドジでおっちょこちょいで目立たない私をサークルのスタァの彼が、的な感じ？」

「そんなにドジでおっちょこちょいではないですが……。それでは高価な宝石の検品はできません。でも確かに目立つタイプでは。……あ」

すごく聞き覚えのあることを月子がいうのに、強い既視感《きしかん》で真昼が顔を上げる。

「それ。ここのところ、心の中でそういうナレーションするんです。子どもの頃読んだ少女漫画みたいだなって」

「子どもの頃そんな少女漫画あった？　もうそんなになくなかった？」

「母の妹、叔母の持ち物で。小さい頃読みました。私、倉橋真昼」

十六歳、は声にするのが恥ずかしくてそこで止めた。

「なんだか、私っていう主語がなくなっちゃった気がして」

だからそのモノローグが頭に浮かんでいたのかもしれないと、繰り返した理由にようやく気づく。叔母の子ども時代には、もしかしたらあのモノローグが女の子たちに必要だったのかもしれない。

私という主語から始まる、私のモノローグが。

「結婚ってでも、そういうものですよね」

せっかく始まろうとした「私」を、けれど真昼は丁寧にしまい込んだ。

「俺と結婚するのがそんなに嫌なのか」

我が我がではいられないと続けようとした真昼に、低い声で月子が知らないはずの男の物真似をする。

「……いたこですか？」

「いや、いわれない？　彼氏に。だってずっとこの世の終わりみたいな顔してるからさ。

ここにいるときだけ？　彼の前では笑うとか可能なの？」

「それは……」

問いを重ねられて真昼は、今鏡が見たくないと心から思った。

「そこまで酷い顔はしてないとは思いますけど」

「酷い顔をしている自覚はあると」

「でも私結婚したくなくなくないです！」

「ひー、ふー、みー、一個多くない？　なくなくない」

隣で花が、指を折って数える。

「なくなくなくないです！　私には本当にもったいない彼なんです!!　理想的な彼だってよくいわれます。私なんて、相手にされると思いもしませんでした」

大学時代は遠い人だった彼が、自分の婚約者だという現実感のなさも真昼は今知った。

また勝手に枯れ葉が片付けられている。

「花嫁に選び抜かれたんだ。真昼さん」

「……同級生たちにいわれました、そういう風に。彼、官僚なので。だから海外赴任が決まってるんです」

「おおっとスーパーエリート」

それはちょっと枯れ葉を片付けるのに躊躇《ためら》う物件だと、魔女も俗《ぞく》に一旦《いったん》止まる。

「だから来年、ベトナムに赴任することになって」

「すごいわね。お城みたいなところに住むんでしょ？」

「なんでそんなこと知ってんのお花」

赴任地での官僚の暮らしを語った花に、月子は首を傾げた。

「女の子の夢よー」

「本当に女の子の夢みたいです。写真見せられました。本当にお城みたいな家で、ハウスメイドさんがいて」

「家の中に人がいて何か頼むのにもスキルがいるわよね。官僚の妻には結構能力が必要だと思うわ。うん。確かにすごい彼よ、それは」

物件としてはなかなかケチのつけようがないと、花は掌を見せた。

また枯れ葉が積もって、真昼はそれを置いておいてほしいのか片付けてほしいのか今のところまるでわからない。

「でも……時々、あ、今ため息吐いちゃったって思うことはあります」

わからないままため息の話をしたのは、怖いけれど、見えていない見たくない場所が気になるからかもしれないと、また浅く息を吸った。

「そういうとき、いわれないの？　そんなに俺と結婚したくないのかー」

若干なまはげめいた月子の物真似は真昼には響かず、そっと月子が落ち込むはめになる。

「いわれないです」

真昼の中ではなまはげの代わりに、笑顔と、それから一度見た表情と、その二つしか思い浮かばない彼が、何故かなまはげでも人間でもなく、ペルソナのように思い出された。

「気づいてないのかもしれない。……でも理想の彼だっていわれます」

「次回、あなたの気持ちをお持ちください」

今日の枯れ葉掃除はこの辺までと、月子がいつの間にかあたためていたホットミルクを真昼の前に置く。

あなたの気持ちの「あなた」が「私」だとわかるのに、真昼には時間がかかった。そして長いこと「私は」と考えることをやめていると何度でも知る。

みんながいう「あなたは幸せ」を頼りにして、真昼は何処かで自分が止まってしまっていた。

「私は……」

私はの続きを、考えるのはやはりとても怖い。

目の前は春なのに指が冷たくて、真昼は怖さに考えるのをやめてカップを抱いた。

「どうして一生懸命になって一緒に考えてくれる魔女なんですか?」

「んー?　それはお花がいった気がする」

確か、と、月子が花に笑う。

「女の子は大変。そんなことない？」

今度は月子の声で、真昼にその言葉が告げられた。

「私がとっても大変だったから、それで。別にみんなが大変じゃなくてもよくない？　って、そんな感じ」

だからこの店はきれいでやさしいもので飾ったのにと、相変わらず読書とワンプレートワンドリンクに集中する女の子たちに月子が苦笑する。

「枯れ葉の山ならまだいいけどさ。いやなこと痛いこと意味のわからないことたくさんじゃない？　なので女の子の助け合いみたいに、一生懸命一緒に考える。かな」

「女の子……月子さんは、抵抗ない言葉ですか？」

枯れ葉が少なくなる視界から目を背けて、久しぶりだからなのか違和感を纏う言葉の方を真昼は無理矢理見た。

「ごめんごめん。やっぱり抵抗ある？　本当は私が嫌だったんだよね、二十代の頃かな。女の子っていわれるのが嫌だった」

意外なことを、月子が真昼に教える。

「多分、私の中で女の子ってこういうものって決めてて。私は違うと思ってた。意地張って、バランス取れなくて大変で」

そういう自分は別に遠くないと、月子は笑った。

「今は、違うんですね」

尋ねた真昼に、月子が首を横に振る。

「バランスはそのときそのとき変わるかな。女の子をもっと堪能すればよかったって思うときには、そこそこいい年齢になってるもんなのかもしれないなって。それでもったいなかったって気がして、女の子に女の子ってついいっちゃう」

女の子を堪能するってどんなことだろうと考えても、今の真昼にはわからなかった。

「かわいいものきれいなもの、いやだった。合理的に生きてた。そのときはそれでよかったような気もするし、すごく無理してた気もする。過ぎたことはわからないな、もう」

「片鱗《へんりん》は残ってますよ」

清潔で心に障《さわ》らない着心地のよさそうな布地の服と、さっぱりとゴム一つでまとめられた月子の髪を真昼が見つめる。

「これは、私がきれいだと思う服。あ、そっか。そのときは私がこれをきれいだと思って選んでることが、わからなかった。なんでもかんでも拒んでたから」

たくさんのものを拒んでいたと、月子はくしゃりと笑った。

「たとえば？」

「やさしいこととか、かわいいものとか。思いやりや気遣いをかけられるのも、嫌がって尖ったり」

月子が紡《つむ》いだ言葉を聴くと、真昼は自分から今それらのものが遠く、枯れ葉の向こうにあるような気がしてならなかった。

「とにかくなんでもすぐ、それは私にはいらないって思ってた」

「どうして？」

「私にはいらないっていう、私を主張してたのかな。意地も張ってたし。欲しがっても」

もらえなかったら傷つくじゃないと、軽く月子はまた笑った。

「きれいな世界とうまく折り合えなかった頃は、私は大変だったな。なんであんなに自分を主張して尖ってたのかなあ。それも私だけど、大変だったし疲れてた。だから大変そうな女の子を見ると、お節介しちゃう。いやだったらいって」

目の前にいるわけを月子から語られて、真昼が自分からここにきたことを思い出す。

教えてくれたのは、月子と花が察した通り大切な友達だ。悩みや不安など何もないのに、友達に教えられたから「恋の悩みをなんでも解決してくれる魔女」を訪ねたのだとずっと自分に言い訳していた。

けれどそれは言い訳だ。

何かしらの違和感を他人事のように遠くに遠くに感じていながらも、なんとかまだ手の中に持っていたから、真昼は自分でここにきた。

「彼は、欲しかった彼なの？」

花に問われる。

「ちゃんとときめきました。初めて誘われたとき、すごく嬉しかった」

何もかもが遠いような気持ちを、それでも真昼は探して見つけた。

「まあ、悪い男だからって必ずやめた方がいいわけでもないから。残りの回数券の分くらいは考えてみたら？」

愛しているなら即断はしない方がいいと、やわらかく花がいう。

「悪い男なのかな、彼」

添い遂げようとしている理想の人が悪い男かもしれないというのは、真昼には恐怖に近い。

「どうかしら。とにかく月子は悪い男辞典を持ってるから。今辞典が捲られてるところね」

「どうしてそんな辞典を、月子さんは。やっぱり魔女？」

この店の中の本棚にあるのだろうかと、真昼は辺りを見回した。

「うふふそれは内緒」

言葉とは裏腹に能面のような真顔で月子が頷く。

砕いてしまったタルトを、とりあえず真昼はひとかけらひとかけら丁寧に食べた。

「……あまい」

この甘みもおいしさも、うつくしさを見ないでただ数えていたのと同じように、感じるのをやめていた。
感じるのをやめる。痛みや悲しみ、不安や怖さを感じるまいと思ったら、甘さもおいし
さも、うつくしさもやさしさも消えてしまっていたのかもしれない。
そんな気がしたら真昼は、枯れ葉掃除が怖くて堪《たま》らなくなった。
「おいしい」
どうしても手の中に居続ける綿の、その中を見ることも。

●彷徨える子羊と女友達と　その2●

目の高さまできていた枯れ葉が片付けられるのが怖くなって、回数券が残っているのに真昼は魔女に会いにいかなくなった。

ウエディングドレスの採寸をする三月がきて、魔女のカップに描かれていたミモザの蕾《つぼみ》が開き始めた。

真綿は、今日も手の中にある。

「八重はいわないいね」

午後の往来を歩きながら上を見上げて真昼は呟いた。

真上には、魔女のカップのミモザと同じ黄色が揺れている。

「何を？」

隣には、ひと月ぶりに会った八重が歩いていた。

「理想の結婚相手だって」

今日は八重がチョイスしたサラダビュッフェで珍しいきれいな野菜を食べて、それが自分のために友達が合わせてくれたランチだと気づいたら真昼は味がしなくなった。

「え、先輩のこと？　素敵だと思ってるよ……」

「八重って」

立ち止まって、十年のつきあいになる女友達の顔を真昼が見る。

「多分、あんまり嘘吐かないよね」

理想の彼、理想の婚約者、素敵な人を射止めたと真昼はたくさん聴いたけれど、八重とは最近ほとんど彼の話をしていないと気づいた。

「あたしはさ、ほら。寂しくなっちゃうじゃん。こうやって月に一度くらいランチ食べたりなんてことないこと喋ったりって、二人でずっとしてきたから」

だからだよと慌てる八重は、やっぱり嘘を吐いていない。

「来年は真昼ベトナムかーとか。それに、やっぱり結婚すると今までとは変わるだろうし」

尋ねたことと違うことを答えながら、八重は嘘を吐かないでいてくれる。

「……変わらないよ、私。何も」

答えられない場所にある言葉は、けれど大切な女友達に尋ねさせてはいけない気がした。

八重のいう通り、他愛《たわい》のないこと大切なこと、二人はよく飽きないと呆《あき》れるほどたくさんお喋りしてきた。

なのに真昼は、好きな人、恋人、結婚する人のことを、随分《ずいぶん》長く八重に話していない。

「変わっていいんだと思うよ。独身のあたしがいうのもなんかあれだけど、だって他人同士が家族になるんだもん。変わらなかったら」

嘘じゃない言葉を一生懸命重ねて、八重がとうとう喋れなくなった。

彼の話をしない真昼に、最近は八重が何かまるで違う話題を見つけて話してくれる。

十年近く仲良しだった八重の友達の自分は、こんな友達だっただろうか。

「先輩とつきあい始めて、一年か」

まだたった一年だということに、声に出して真昼はとても驚いた。

「私……もう、すごく変わってない？」

たった一年なのに、永遠のように長く感じている。たった一年なのに、十年もこうしていたように、彼とつきあい始める前の自分が真昼にはよく見えなかった。

八重に今の自分がどう見えているのか、考えるのが怖い。

「それは、そうだけど」

是非はいわず、それでも変わったとは八重は認めた。

「何度かOB会で会って。初めてデートに誘われたとき、私、有頂天《うちょうてん》だった」

「みんなの憧れの先輩だもんね」

「うん……」

素敵な彼、理想の彼、選ばれるはずのない自分、有頂天だった気持ちを真昼は今も大切に持っている。

「それに、真昼は先輩のこと好きだっていってた。好きな人と、結婚するんだよ」

「うん……そんなこと奇跡みたいだと思った。好きな人にプロポーズされて」

自分には自分に合う恋や相手というのがあって、今の彼は真昼にとってそこからは程遠い。

けれど、八重がいう通り、確かに好きな人だ。好きな人と結婚する。愛する人と。

そうだ。あの人は真昼の好きな人だ。

今、八重がそういってくれた。友達が好きな人だといってくれた。

「どうしよう八重。世界がうつくしい」

空を見上げると、そこはちょうどミモザの真下だった。

「は？」

突然世界を語り出した友達を、もちろん女友達は真顔で心配する。

「空が透明で青くて、ミモザが黄色く揺れてる。あ、私語彙《ごい》がないみたい。きれい。すご

た。

「世界がすごくきれい！」

「う、うん」

青に黄色の揺れる空をずっと見ていたら、首の後ろが痛くなったけれど目が離せなかっ

くきれい」

「私大丈夫？」

隣の八重を見て、真顔で真昼が尋ねる。

「だいじょばない。全然だいじょばない。ちょうヤバい。それ多分、もともとあたしが知ってる真昼とも違う」

尋ねられたことに、八重は堪えられず噴き出した。

「でも、最近の真昼で一番好き」

「ほんとう!?」

好きだといわれて、真昼の声がひっくり返る。

「……うん。先輩とつきあい出して、しばらくして真昼、先輩の話しなくなって」

静かに、八重はどうしたらいいのかわからないような心細い声を聞かせた。

「先輩、どんな人だったっけって考えても。あたし、全然知らないけど真昼も話さない」

その八重の声を聴いて真昼は、大切な女友達にそんなにも気を遣わせていたことも思い

知る。

「真昼」

弱い声で、八重は真昼を呼んだ。

「どんなだったっけって、思い始めてた。だからその真昼超やばいけど、あたしも」

不意に破顔して、八重も空を見上げる。

「今日、楽しい！　ホントだ!!　すっごくきれい、黄色い花と青空！」

唇を噛《か》みしめて笑っている八重が、日差しの下真昼の目にはっきりと見えた。

「ね、すっごくきれい!!」

女友達の泣き出しそうな横顔は、とてもきれいだった。

世界はきれいだ。

きれいな方向を見ていたい。

だったらドレスの採寸の前に魔女のところで回数券をちぎってもらわなくてはと、真昼は行方不明だった「私の気持ち」を空に探した。

大丈夫。枯れ葉を全部片付けられても、手の中の綿の中にはきっと何もない。

今度こそ「大丈夫」というお札をもらいに、真昼は魔女を訪ねることにした。

●彷徨える子羊と魔女とただの女と　その3●

西荻窪ブックカフェ「朝昼夜」の前にある花木は、もう花を咲かせ始めている。

店内から洩《も》れる灯りに揺れるきれいな夜のミモザ、穏やかなハナミズキの葉。とてもきれいだと、ブーツからフラットシューズに履き替えたつま先で花びらを真昼は見つめた。

何か読み終えたのか店から出てきた髪の短い女性の、アイボリーの春コートがきれいだ。惑わないように映る知らないその彼女の瞳も、街灯の下とてもきれいに見えた。

「こんばんは」

店内に入るとカランとドアベルが小さく鳴って、カウンターの中の月子がすぐに気づき、ゆるく巻いた髪を揺らして花が笑う。手元には艶《つや》やかなソーセージと、翡翠《ひすい》のような緑の葉のついたカブのマリネがあった。

「こんばんは。久しぶり」

笑って挨拶をした月子も、ソーセージをつまんでいる花も、今日は陶磁器の器でビールを呑んでいる。

「久しぶりね。元気だった？」

問いかけてくれた花のカーディガンは、限りなく白に近い桜色だった。

とてもきれいだ。だから大丈夫と、真昼が胸に繰り返す。

「はい。私、もう大丈夫です。だって世界がすごくきれい」

大きな笑顔を見せて、真昼は花の隣に座った。

欲しかった「大丈夫」を、自分ではっきりいえた。だからもう本当に大丈夫だ。魔女のところにきたから、やっとそれがわかった。

けれどそれでも大丈夫のお札が欲しい。世界がきれいでも大丈夫といえても、手の中の真綿はどうしても消えないままだから。

本当はもう癇癪《かんしゃく》を起こして捨ててしまいたいくらいなのに、真昼はその違和感を握ったまま手放せない。これ以上握り続ける力もないのに。

「うーんそれは」

白い皿を出して、若草色のシャツを着た月子が口をへの字にする。

「全然大丈夫じゃないな」

「え」

「僭越《せんえつ》ながら、あたしも少し心配」

「え」

月子と花から心配されて、ミモザに近い色のブラウスで真昼は目を見開いた。

「でも……友達が、いまの私が最近で一番好きだっていってくれたんです」

「まだ私真昼さんに会うの三回目だけど、多分ずっとこう、下向いて表情固い感じだったから。それは友達は、あなたが笑っただけで嬉しいのはわかる気がする」

「俯いてたわね、ずっと」

「ちなみに下向いてるは比喩じゃないよ」

女友達の気持ちを想像した月子に、花も同意している。

「でも、今なら、ベアトップでプリンセスラインのウエディングドレスもきっときれいに見えるし。彼も」

素敵だと有頂天になった、愛した瞬間の気持ちが取り戻せると真昼は信じたかった。

「ウエディングドレス仕立てるところまできてるってことは、当然式場も予約してるんだよね。婚約指輪もらって」

「そこから考え直すのって簡単じゃないわよね。わかるわ」

わかるわで言葉を切る花は、「わかるけど」とはいわない。

「けど」といわれたら考え直す方向を真剣に見なければならないと花は知っているからだと思って、真昼はまた自分で固いエンドウ豆を見つけてしまった。

「大丈夫だと、思ったんですけど」

「いや、単に私は大丈夫っていい出す人ってほぼ大丈夫じゃないっていう。統計学みたいなもんだよ。ごめんごめん」

「でも」

手を振った月子に、急に大丈夫が消えそうになって真昼が声を細らせる。

「不安にさせて、ごめん。大丈夫って、すごくテンション上がってる感じ?」

ビジネス魔女なのに、魔女は心配そうに真昼に尋ねた。

「はい。なんでもきれいに見えて」

「そういう風にテンション上がる女の子かな? 真昼さん。私三回しか会ってないからわからないけど」

自分で考えてみてと、突き放しはせずに月子が丁寧に尋ねてくれる。

問われて、今度は長く、真昼は考え込んだ。

私、倉橋真昼、二十七歳。

頭の中に、またその「私」のモノローグが出てくる。

私を主語に私のことを考えることを、ずっとしていない。自分を主語に語る方法は見失ったままだけれど、今真昼は久しぶりに自分がどんな女の子だったのか少し思い出せた。

「私、エンドウ豆のお姫様なんです」

さっきの花の言葉でまたエンドウ豆に気づいた自分は、ずっと一緒にいるよく知っている自分だ。

だから真綿の中の違和感が気になって気になって、ここにきた。

「それエンドウ豆になっちゃうよ。エンドウ豆の上で寝た、お姫様」

「ホントだ」

月子の何気ない言葉に、自分がエンドウ豆になってベアトップのドレスを着ているところを想像してしまって真昼がくすりと笑う。

「まだ似合わない気がして自分ではつけないけど、宝石が好きなんです。エメラルドやサファイア、琥珀《こはく》や翡翠。宝石展によく行っていて、それで今の会社を受けました。輸入品が多いので、英語も少しは役に立ってます」

目の前のカウンターに飾られた水栽培のクロッカスは鮮やかなサファイアを思わせて、どちらも真昼にはとてもうつくしいものだ。

「希望の会社に入れたのね」

幸運と何より努力よと、さりげなく花が称えてくれる。

「そうなんです。派手に見えて、意外と地味な仕事で。私、検品するんですけどすごく細かくて。どんな小さな傷も見逃すまいって、あるゆる角度から何度も見て。宝石を支えている爪も、一つ一つ見ます。歪《ゆが》みがないか、絶対に石が動いたりしないかどうか」

今日もそうして仕事をしてきた真昼は、自然と今自分の瞳に光が灯《とも》ったことにまでは気づけない。

「納品に間に合わせたい営業さんと、たまに揉《も》めます。結構大きく揉めちゃう」

「揉めて、そのあとどうなる感じなの？　ごめんただの興味。あたし仕事相手とたまにそんな感じになるから」

オーダーに合わせながらクレジットも入れるブックデザイナーの花が、参考に聴かせてと尋ねる。

「値段が張るのにもし何かあったら会社の信頼に関わるし。そうじゃなくても私は引きません。上の人が出てきて、お客様に謝って納期を待っていただくことがほとんどです。滅多にそんなこと起こりませんが、それはもともとのうちの会社の体質で。私今の会社が好きです」

毎日当たり前のように通勤していたけれど、信じられる会社に勤めていると真昼は知っていた。

「やっぱり、エンドウ豆の上で寝たお姫様だ。私が宝石を買うなら、真昼さんに検品してほしいな。だってきっとそのくらいの宝石って、私には一生に一度買うか買わないかのものの気がするから」

「あたしも。一生大切にするつもりで買うわ」

宝石を身につけていない月子と、小さなアメジストをつけている花が、それでも本気の言葉を真昼にくれる。

「もし欲しい石があったら、是非。でも、あの、いろんなお客様がいます。投資やコレクションの場合も」

「お客様によって変わる？　あなたの仕事」

笑った月子は、会うのが三回目の女の子がそうではないともう知っていてくれた。

「いいえ、私は」

私は、と。

「私は変わりません」

自然と真昼の中に、「私」という主語がやっと帰ってきた。

私はエンドウ豆の上で寝たお姫様、どんなエンドウ豆にも気づくことができる。

だからそれを仕事にしている。

「私、真昼さんいいなって思う。そういうあなたを選ぶ王子様は、見る目がある気がするけど。馴《な》れ初《そ》めはなんだったの？　大学の英会話サークルの先輩だっていってたね」

いつの間にか真昼は普通のテンションに戻っていた。上がりすぎもせず下がりすぎもせず、花の向こうに飾られたアネモネもきれいだ。

そして月子の問いがよく聴こえた。

「それが、私全然わからないんです。何度かサークルの集まりで一緒になって、私のこといろいろ訊いてくれて」

どうして彼が自分をというのは、真昼自身の一番の不思議だった。

目立つきれいな人も、なんでもできる有能な同期も、大学にはたくさんいた。

「聴いてくれるのが嬉しかった。私は、彼が好きで。家のこととか……、仕事の、こととか私の話をたくさん聴いてくれて」

エンドウ豆に気づく真昼は、こんな話が本当に彼には楽しいだろうかと不安に思いながら検品への自分の生真面目さも語った。それは真昼の性格からくるもので、暮らしもきっとそんなだろうねと、彼は褒めてくれた。

「……あ」

なんとか手放さずに持ち続けている手の中の真綿の中身が、必死で這《は》い出ようとする。たくさん話を聞いてくれて自分を知ってくれて、そして好きな人から真昼に与えられた選択肢は、一つだけだった。

「お姫様は見つけられちゃったんだね、王子様に。お姫様はもう、エンドウ豆はいいのかな？」

「それは」

エンドウ豆になぞらえて、月子に仕事のことをいわれているとは真昼にもわかる。

「同期たちと話してると、信じられる会社に勤められてるの本当に幸運だって思います。辞めたくはないです。仕事」

「彼にいった？」

月子に問われて、答えられずに真昼は小さく首を振った。

「辞めたくないのにいわなかったの？」

あ、また綿の中が見えてしまう。また枯れ葉が片付けられる。

ずっと目の高さまであったからその枯れ葉を片付けられてしまうと、真昼には見慣れない広い広い世界が見えてくる。

「つきあい始めてすぐに、たった一度……」

それが見えていなかった視界だと知らされて、怖くて堪らない。

「怒らせてしまったことがあって、驚いて。それでなんだか……もう何もいえなくて」

「うーん、出てしまった」

ため息を吐いて、月子はまっすぐに真昼を見た。

いつの間にか真昼は深く俯いていたけれど、月子にも花にも見つめられていることはわかる。

「怒らせた、か」

何か萎縮《いしゅく》して俯いている、女の子。もともとこういう女の子なのか、それとも違うのか。

きっと違うと思い始めて理由を探してくれていた魔女が、眉を寄せた。

「私とお花だと、それ一言で終わるやつだ」

「そうねえ」

頷くしかないとそんな風に、花もため息を吐いた。

「何が、終わるんですか？」

「友情 or 結婚」

強い感情を乗せずにいったのは、月子だ。

「結婚、とめたりするんですか？」

「あたしの場合は、相手によるけど。どんな風に怒ったの？　彼」

そこまではっきりはいわないと花が、いつもの逃げ場を作ってくれる。

また片付いてしまった枯れ葉、それでも与えられた逃げ場所で、真昼は立ち尽くした。

「……すごく、大きな声で。そんな風に怒らせてしまって。私、驚いて」

怒鳴ったとは、真昼は言葉にはできない。誰にもこの話を真昼はしたことがない。

「彼が怒った、じゃなくて私が彼を怒らせた、って言い方はさ」

ことさらゆっくり、月子は話した。

「あなたが悪かったたってことだよね」

そう思ってる？　と、真昼が考えられるように、ゆっくりと。

「それは……」

いわれて初めて、真昼はそこまで彼を怒らせた自分が悪いという罪悪感を今も背負っていることを、知った。

誰もが彼を、素敵なやさしい理想の人だという。見た目も仕事も秀でて、賢いから言動もとても社会的だ。

何より真昼には好きな人だ。

なのにあんな風に理不尽に怒鳴るはずがない。あの人をあんな風に怒らせる者がいるのなら、それはその者が悪いと。

誰もがそういって自分を責めることだけははっきりわかって、真昼は罪悪感とともに口を噤《つぐ》み続けた。

「どんなことで怒らせたの？」

一つずつ月子が、真昼に尋ねる。

「いえ、たいしたことじゃ……」

問われるたびに枯れ葉が退《の》いて、道が見えてきてしまう。

どうしても手放せなかった、手放さずにいた真綿の中にあるものがわかり始めてしまう。

彼が怒った出来事は、人に話せないくらい、つまらないことだった。

たいしたことではないのに、「俺は忙しいのに」と「それでも君のためを思っているのに」と大きな声を出されて真昼はとても怖かった。けれど、これから一生を共にする人がそんな風に理不尽だと思いたくなかったし、誰にもいえなかった。

「たいしたことじゃないのに、あなたをそんなに萎縮させて変えてしまうほど大きな声で怒鳴る彼なの？」

今日月子自身がいったように、真昼はこのカウンターに座るのはまだ三度目だ。

「どうして私が変わったって」

「今日の大丈夫じゃないあなたを、あなたの友達が喜んだっていうから」

友達と聞いて、きれいなミモザの下で喜んでくれた八重を、真昼が思い返す。

「俯いてた顔を上げてくれただけで嬉しかったのかもしれないなって。その友達が、かわいそうに思えた」

かわいそうと月子に言われて、真昼はもう泣き出しそうになった。

それでも彼が「駄目な人」だと、真昼は認めたくない。

「だけど、本当にいい人で。誰にでもやさしいし、しっかりしていて。あんな風に怒鳴らせるなら、私がきっと」

無理に認めさせるつもりは、月子にはないようだった。

「ドレスも仕事も、自分で決めろっていってくれたっていってたね」

「はい」

結婚すると真昼が決めた人は、みんなが「理想の人」だという人で、家族も喜んでいて式場も予約している。

何より、愛した人だと真昼は信じていた。愛さなければ結婚しようとは思わなかった。

そのはずだ。

「それは彼の外の顔なんじゃないのかな」

沈み込むばかりの真昼の瞳を追いながら、そっと月子がやわらかい場所に触れてくる。

触られた場所の痛みを知るのに、もうそれほど時間は要らなかった。

「外の顔と、中の顔……全然、違う」

それが普通のことなのかどうか、真昼の経験値ではまるでわからない。

「そういう、ものですか?」

「そういう人と、そうじゃない人がいるみたいだよ」

困ったねと、月子は真昼に苦笑した。

「全然違う人は、何故全然違うんでしょう。私は多分、そんなには」

自分のことだからはっきりとはいえないけれど、彼の前でだけ何か普段と変わるという自覚が真昼にはない。

けれど、真昼は彼といることで変わっていった。急速に真昼は変わってしまった。

最初に彼がたった一度大きな声を出した瞬間から、真昼はすっかり別人のように主語を見失ってしまった。

「全然、違う人は」

わかりやすく伝えられる言葉を、首を傾けて月子は探してくれている。

「外に見せてる顔がいい人なんじゃないかな。ペルソナみたいに、そっちが取り外し可能。怒鳴ったり選択肢を一つしか用意しないのは彼の感情や望みで、感情って噴き出すものだから自分でも気づいてないかも。ペルソナの下の本体に、彼自身も」

　外と中が全然違う人は、多分そんな感じと月子はいった。

　彼の何処を愛したのかすっかり見失って八重にもずっと話せず、今も必死で探していた真昼に、月子の言葉が答えを教えてしまう。

　最初に真昼が見ていたのは、きっと、そのペルソナだ。

「月子さんは、本当に魔女？」

　枯れ葉が片付いてしまう。道が見える。側溝が見える。

　そこに愛したはずのペルソナを外した彼が。彼自身もきっとわかっていない彼の本体が立っていた。

　真昼はそのペルソナも、ペルソナの下の彼自身も、二十枚ではきかない布団に包んで仕舞い込もうとしていたのだ。

「よく見て、私を」

　真顔で月子が、若草色のシャツにデニム地のエプロン姿で両手を広げる。

「私は魔女じゃなくて、ただのお節介な女です。この店の店主に落ちつく日まで、いろんな男を拾ってまいりました。才能に惹《ひ》かれちゃうの。磨いたり面倒を見たりするのが大好き」

「……悪い男辞典……」

そういえばこの間花が、月子は「悪い男辞典」を持っていると笑っていたのを真昼は思い出した。

「お花にいわれる前に自分で白状するけど、私の辞典はちゃんと自力で作られてるからね。マイ・ダーク・ヒストリーだよ」

「自分で、築いてきたんですね……」

「いいや。だいたいはお花と喧嘩しながら辞典に刻んできた。ノミで」

カンカンカンと文字を刻む仕草をした月子に、思わず少し笑う。

「月子は魔女っていうよりも、年齢の割に経験値が高い女なのよ。壮大なダーク・ヒストリー、そのすべてをあたしは見てきたわ。友達やってるの結構疲れたわ。かなり疲れたわ」

「よ、歴史の生き証人」

さすがに花に睨まれて、「ごめんなさい」と月子がおとなしく瓶からビールを注ぎ足す。

「悪い男の人とか駄目な男の人とつきあうたび、お花さんが何かいってくれたんですか？」

「んー、それはいったりいわなかったり」

「ありがたかったりそうでもなかったり。まあそんなもんよ」

真昼の目の前に、珈琲が置かれた。

店に入って割と時間が経っていたのに何故今と思ってから、何もかもをがんばってうつくしく見ようとした自分は、珈琲も焼き菓子もなくても大丈夫だったとわかる。

「はい、マドレーヌ」

白い皿の上に置かれたきれいな貝殻《かいがら》の形のバターが香るマドレーヌを、珈琲の隣に月子が置いた。

「怒ったりは、こっちもするじゃない？」

きれいな唇で、花が笑う。

「怒らせたじゃなくて、怒ったっていえるようになるなら、あたしはなしでもないと思うかな。彼が怒っても、あなたがもう二度と怯《おび》えないならよ」

丁寧に説明されて、真昼はもうほとんど枯れ葉のない広い世界に立つ彼をそれでも簡単には捨てられない。

「私……大丈夫です。それきり一度も彼、怒らないんです。怯えてなんか」

結婚をやめるのはとても大変だ。

それ以上に、もう一緒に歩き出してしまった人の手を離す力が、真昼には残っていない。愛するということは愛されることより心地よく、愛した気持ちを否定する気力も捨てる気力も今はまるで足りない。

「怒らせてないから？」

フラットに、月子に尋ねられた。

「はい」

「なんで怒らないのかな？　彼はそれ以来」

問われれば考える力は、まだなんとか残っていた。いや、残っていたのではない。誰かが真昼にくれた。すっかり疲れてしまった真昼の手に、待ってと考える力を持たせてくれた人がいる。

魔女の居場所を教えてくれた友達が、ずっと真昼を心配している。

一度怒らせて、それでとても怖くて怒らせないように気をつけている。だから彼はもうそれきり怒らない。怒らなければ、本当にやさしい人。理想の彼。それに友達がいってくれた。好きな人だと。

けれど好きな人に、一度も真昼はいえていない。

やさしい理想の彼に、私は仕事を辞めたくないって、怖くて一度もいえていない。

「大きな声を出されて、それからずっと固まってしまっていたのね」

やさしい声で、花が真昼を慰《なぐさ》める。

「そうかもしれません」

固まっていた真昼は、けれど大切な友達に教えられた魔女の店で心が動き始めていた。

動いているから、花にいわれた通り固まっていたことがわかる。

そして魔女は自分の話になぞらえて、悪い男と別れるか否《いな》かという岐路《きろ》を、真昼に見せていた。

「……その、闇の歴史の方々とお別れして月子さんは」

そうして歩き出した先に明日はあるのだろうかと、真昼は途方もない暗がりを見ている気持ちになる。

「日本語に直されると深刻さが激しく増す」

「月子さんは、今は？」

縋るように、岐路の先に光があるのかどうかを尋ねた。

「あたし、今から深夜デートなのでお化粧直してくる。お会計先にして」

不意に、真昼の肩にそっと手を置いて、花が椅子から立った。

やわらかな梔子《くちなし》がふわっと香って、花がカウンターを離れる。

とん、と小さな音が天井の上からわずかに響いた。

「ここで出してる食事、お店閉めたあと彼と食べてるよ」

音を、月子が指さす。

「健やかな彼だよ。一緒にいてひたすら楽しい。ただ楽しい。それは私には奇跡」

「奇跡の人と、楽しく一緒に暮らしてるんですね」

「内緒だよ」

二階を見上げた月子に、この身動きができない行き止まりの先が自分にもあるのかもしれないと、真昼はなんとか顔だけ上げた。

「内緒話？　いいわね」

化粧を直しても直さなくてもきれいな花がすぐに戻って、なんの内緒話なのかは尋ねない。

「いいでしょ。内緒話」

曖昧に、月子は笑っていた。

「魔女に気をつけてね」

追いつめられている真昼に気づいて、花が手を振る。

「魔女じゃないってば」

「お花さんも、気をつけていってらっしゃい。です。深夜デート」

魔女じゃないといい続ける魔女に、真昼の枯れ葉は片付けられた。

あとは自分がどうするかなのだと、カランとドアベルを鳴らして花が去っていく音を聴きながら真昼は知る。

「よくきたね、今日」

手をつけられないマドレーヌのことは何もいわず、月子が真昼を褒めた。

「もう、こないと思ってましたか」

彼と別れられない理由は山のようにあって、実際怖くて真昼はもうここにこないつもりでいた。

「いや？」

「どうして」

迷いなく月子が首を振ることの方が、真昼には不思議だった。

「女の子は大変だから」

「私、大変そうですか？」

疑問符が多いと気づく。

自分のことをたくさん、月子に尋ねている。自分が見えずに。

「大変じゃない？」

尋ねられて、また枯れ葉のない道をじっと見つめる。

「私」

そこに立っているペルソナの彼を、側溝に突き落とすのは一苦労だ。

「本当はずっと、悩んでます」

悩む理由は本当に山ほどあって、悩みに整理券を配ったら結婚式の当日がやってくるだろう。

「自分で決めないといけないことだからね。コンビニで噂のビジネス魔女にも決めさせたら駄目だし」

「……女友達にも」

彼について何も是非をいわない八重を、真昼は思った。

誰もが理想だと思う彼との結婚と妻としての人生は華々しく、憧れを言葉にする人は多い。その言葉たちを、真昼はちゃんと心地よく聴いていた。

言葉は心地よかったけれど、その憧れの先にある華々しい人生を望んでいたかを考える時間はなかった。

「たった一年の間に、こんなに大きなことが決められるものなんですね」

一緒に歩く人との儀式もすべて、真昼には迷う余地なく決まっていった。

自分で決めなさいといわれても、目の前にはいつも一つの選択肢しかなく、否というのはとても怖くて。

「職場には？」

「結婚することは伝えてるんですが、退職のことはまだ。そろそろいわないと」

退職後に迷惑をかけてしまう。

いつもの自分なら、すぐに職場には報告した。何故していないのだろう。

「好きなんだね。宝石」

問われるまでもなく、自分でさっき言葉にしたことだけれど、それだけは間違いのないことだと真昼は知っていた。

派手な仕事じゃない。一つ一つ丁寧に検品する。もういいといわれるほど。

「大切に、やってきました」

「細やかなこと得意そうに見えるよ、真昼さん。分けてほしい」

クロッカスの水を換えている月子の手元を見ると、手作りをしたのか水栽培容器の針金が確かに少し歪んでいた。

「なんだか意外です。月子さんなんでもできそう」

「ものすごく努力しているのです。全力でこの空間を醸してるのです。なのに女の子たちはそんなに堪能してない」

笑って月子が見回した店内に残っている女の子たちは、今夜もワンプレートワンドリンクを傍《かたわ》らに、乳白色の灯りの下で読書にいそしんでいる。

「まあ、私が堪能してるんだけどね。みんなきれいだ」

彼女たちを見つめて、月子は肩を竦めて苦笑した。

「私が見ていたいんだ。きれいな方を」

だから女の子たちには大丈夫でいてほしい。

続く魔女の声が、真昼に届いた。

「……彼の奥さんになっても、私の得意なこと活《い》かせるみたいです。細やかなことも、英会話も。任地で着物着たりすると喜ばれるって、着付けも習いました」

自分は月子のいう「きれいな方」だろうかと、それが真昼の心にかかる。魔女が女の子にあげたい「大丈夫」が、真昼は欲しくてここにいる。

欲しいのに、何度自分の手の中を見ても「大丈夫」は見つからない。だから誰かにそのお札をもらわないといけない。

「覚えるの早そうだ」

「折り紙が得意だと着付けも上手にできるって、教室で先生がいってました。もうお太鼓《たいこ》も一人で結べます」

そしてきれいな方に、立っていたい。

側溝のところに立っている彼と力を振り絞って別れなくても、自分らしくきれいに生きていくことはきっとできると、真昼はいいたかった。

「私は」

大丈夫です。

この店に今日入ってきたときと同じにもう一度そういおうとして、真昼は固い固い違和感で破裂しそうになっている綿を、喉《のど》に詰められたようになった。

「厳しいことをいうと」

ため息も吐かず、叱るのでもなく、月子が手つかずのマドレーヌを見る。

月子が一瞬息を詰めてまっすぐ自分を見たことに、真昼は気づいた。

「いいようにカスタマイズされちゃったね」

私は、の続きがまた出てこなくなってしまった真昼に、月子はいった。

「悪気はないんだと思うんです」

自分がカスタマイズされたという言葉は、彼よりも真昼に厳しいもので、強い反発が生まれる。

「だろうね」

「……そこは、擁護《ようご》するんですか?」

肯定《こうてい》されて、肩透かしを食らって真昼は驚いて月子を見上げた。

「擁護じゃないよ。本当に一つも悪気はないんだと思う。あなたにとっていいことだと疑ってないだろうし、当然のことだと思ってるんじゃない?」

だって王子様は王様になるからさと、月子が自分のカップに珈琲をいれる。

目を瞠って、真昼はその言葉を聴いた。

仕事で大切に扱う宝石くらい厳重にやわらかい綿で包んでいた固い固いエンドウ豆が、とうとうその綿を突き破って飛び出す。どんなに無理矢理仕舞い込んでも、真昼は違和感に気づく。痛くて堪らない固いエンドウ豆に、真昼は気づいてしまう。

「私は、正解を試されるお姫様じゃない」

フォークを取って、丁寧に、けれど勢いよくマドレーヌを食べ尽くす。いい香りのバターが口の中に広がって、甘さが深くてとても香ばしい。

甘さを感じられたら、不安も怖さもちゃんと感じられる。

真綿の中の違和感が、もうはっきり見える。

見えてしまったならもう、ただ怖がっていても仕方がない。

「すごくおいしい」

その甘さを惜しみながら珈琲で飲み込んで、大きく息を吐いて真昼は立ち上がった。

「あったまきた」

ペルソナの王様と生きていくのは無理なので、思い切り側溝に突き落とす。

エンドウ豆の上に決して寝ないお姫様は、回数券をちぎって店を出た。

私は、エンドウ豆の上には寝ないお姫様。試されなくてもエンドウ豆に気づくことには変わりはない。

「私」の先を語るのに、お姫様はもう迷わない。

●二階の山男●

「あと一押ししていいものかと悩みつつ、今だと思って側溝に突き落としたけど。あの子なら絶対もっといい人がいる」

　女の子の決めごとにもちろん迷いや不安を持っている月子は、自分にいい聞かせるように呟いてカブのマリネを口に入れた。

「俺のような？」

　冷えたビールを呑んで、彼が笑う。

「あなたは私にとってのいい人だ」

　彼のことは花も「悪くない」といってくれたのを、月子はふと思い出した。

　才能に惚《ほ》れる女は恋愛では幸せになれないと思ってそこは心配していたと、やさしい安堵を花は見せてくれた。

　信頼する友の言葉はとても大きく、月子の幸いはそのとき何倍にもなった。

　なのに今日も、月子は花のいないところで彼の話をした。「内緒話」を、した。

　大切な友達に、月子は一つ打ち明けられていないことがある。

「俺と話して楽しいっていってくれる女の子、いなかったよ」

　少し、彼の声が遠くから聴こえた。

「月子に出会うまで」

　こんな夜は彼の声が遠ざかって、顔もよく見えないから月子は目を凝《こ》らさない。

「それはお互い様だ」

笑って月子は、あたためたザワークラウトを添えたソーセージを切った。粒マスタードが甘辛い。

それきり会話はなく、月子は食事をした。

この母屋《おもや》の出入り口になっている、店からは裏に当たる扉につけた青いポストに、今日葉書が入っていたことを思い出す。

「叔母から葉書がきてた。……きれいな絵葉書。安曇野《あづみの》にいるんだ？　この絵はいつの安曇野なんだろ」

「初夏」

水彩で描かれた水色の空、緑を湛えてゆるやかに流れている川と、その遠くに佇《たたず》む山を見て彼はいった。

「……もう山の中にも、たくさん花が咲いてるでしょ？」

いかなくていいのと彼にいって、ふと、月子は彼に話しかける自分の声がとても好きだと思った。

やさしい声だ。こんな風に誰かにやさしい声を聴かせることは月子にはない。

意地を張ったり、人との距離感がうまく摑めなかったり、自分自身のバランスの悪さで恋人とさえぶつかることが多かった頃。ただ一緒にいることが楽しい彼に、出会う前は、月子は自分がこんなやさしい声を持っていることを知らなかった。愛することのやわらかさを、まだ知らなかった。

「山は近づきすぎると見えない」

ぼんやりと遠くにいるように見えた彼が、月子に教える。

「山の中にいると山じゃない」

いってから彼は、「比喩じゃないよ」と笑った。

「山の中にいたいわけじゃない。ここが好きだ」

遠くの野の花を、彼は見ている。

「それに、山では赤い蠍《さそり》が燃え続けてる」

「なに？　突然。宮沢賢治《みやざわけんじ》の『銀河鉄道の夜』？」

「そう。罪科《つみとが》を贖《あがな》って永遠に燃え続ける赤い蠍がいる」

突然だったけれど、山に入ると時々赤い蠍が燃えているという話を、月子は彼から何度か聴いたことがあった。

毎回唐突で、今のように尋ねてもそれ以上の説明はされたことがない。

「月子のそばがいい。月子が好きだ」

だから尋ねずにいたら、彼が笑った。

きっと、彼の声も普段よりやさしいのだろうと、その声を月子は幸いに聴いた。

お互いのそばが一番やさしくなれる相手に、月子と彼は出会えた。

それは大きな奇跡だ。

もしかしたら世界の何処かには、違う奇跡も、違う幸いもあるのかもしれないけれど。

「……嫌だな。魔女。誰が呼び始めたんだろう」

ふと、ため息を吐いて月子はフォークを置いた。

「誰？」

「誰なのかわからないのに、駅のコンビニの女子高生にまで噂されてる」

「なんで嫌なの。魔女。敬称なんじゃないのか？」

やさしさとも違う、俯瞰《ふかん》の言葉を時々彼はくれる。

身近な人が距離を置いて大事なことをいってくれることがあると、月子は覚えるのに時間がかかった。

「いわれてみたらそうかも」

自分が魔女と呼ばれることを重荷に感じるのは、月子自身魔女に敬意があるからだと気づく。

「だとしたら、私はわりとよい魔女だという自負がある。実は」

「へえ」

「女の子たちに痛い思いをしてほしくない。大変でいてほしくない」

ただでさえ女の子は大変なのだからと、月子は女の子に出会うたびに思っていた。

「だけどあの子が、痛い方、大変な方、不幸な方を選ばなかったことをいつか後悔したらどうしよう」

その不安が、月子の胸を暗く重くする。

「そんな後悔するるか？　幸せの定義をいったい誰が決めるのか、みたいなこと？」

「ううん」

彼らしい問いをもらって、即座に月子は首を横に振った。

「私が私を知らずに、もし」

彼と出会う岐路にいた月子と、魔女が出会ったら、どうするだろう。

一瞬伏せた目ですぐに、月子は彼を探した。

「もっといい人がいなくても、あの子にはちゃんと心配してくれる友達がいる。仕事もあるし」

今の自分よりずっと強いまなざしで出ていった真昼のまっすぐな背中を、月子が思う。

何もみんなの幸せが同じでなくてもいいと、手元の幸いは誰にも憧れられなくてもかまわないと、そのうちきっとわかる。わからなくてもきっと、そう思える。

彼女も。

そして、自分も。

いつかは。

とん、といつものように彼はテーブルを指で叩いた。

その音を聴くと、彼との会話は終わる。

●子羊と魔女とただの女と●

「昼間もお酒なんですね」

四月の頭はミモザが一層盛りで、日曜の昼「朝昼夜」で真昼は花《はな》の手元を見て笑った。

「昼間はハイボールよー。結婚取りやめの理由は嘘ついちゃったの?」

破談の報告にきた水色のワンピースの真昼の前には、まだ水が置かれているだけだ。

「ふられたことにしました。彼ともそういうことにすると話がつきました」

「なんでそこで立ててやるのー」

カウンター内で湯を沸かすとき以外ほとんど使うのを見たことがない火に、月子がフライパンを掛けている。

「そこは人間関係のめんどくささよ。ねえ?」

「そっか。だったら、しばらく同情とか憐《あわ》れみとかでやさしくしてもらえるから。してもらいたい放題してもらいな」

「いいとこ取りですね」

自分の意思で破談にした上そんなに人にやさしくしてもらうのは、当事者の真昼には申し訳なく思えた。

「悪いことなんか頼んでもないのに勝手に向こうから束になってやってくるのに、いいことは取りにいかないといけないんだよ？　大変。もらえるときはラッキーだと思ってもらっとこうよ」

「でも、彼の本質を見てなかった私も悪かったから。個人と個人のうちはお互い様です」

少し俯いて、小さく首を振る。

「交通事故の保険の話じゃないのよ、真昼さん」

手元のきのこのバターマリネをつついて、花は淡い藤色の春らしいニットの肩を竦めた。

「友達や、ここでは思ったことといいなよ」

月子にそういわれて、初めての命令形だと真昼が気づく。

私はエンドウ豆の上で寝ない、お姫様。

いえない言葉のために今強く背を叩かれたと、ちゃんと気づけるお姫様。

「私のことなんかあの人、一度も愛したことがなかった」

他人となった男のことを、真昼は思い返した。

「妻として吟味《ぎんみ》されて選ばれただけ。私を、彼に相応しく、都合よく変えようとしてた」

大きな声で威嚇《いかく》されてそれが怖くて、真昼はそこからずっと「彼を怒らせないこと」を一番に考えるようになって、自分がしたいことは瞬《また》く間に見えなくなった。

彼を怒らせないための選択をして、彼を怒らせないために生きて、すっかり変わってしまうところだった。

「愛されてないことが一番辛かった」

他人と愛し合ったと思って有頂天になった遠い日のことを思って、その思い違いに真昼の声が細る。

「酷い男だ」

「はい」

「やわらかくしておいたよエンドウ豆。スペシャルパスタ、ドリンク付き。回数券二枚分」

「いい匂いがすると思った！」

目の前にさやつき豆の緑が鮮やかなパスタを置かれて、真昼の声が明るさを増した。

「ペペロンチーノにしたいところだけど、店内にあんまり強い匂いが籠《こ》もらないようにしてるんだ。ホタルイカとタケノコとともに、バターと醤油《しょうゆ》で味付け。だってほら、ダイエットもうテキトーでいいでしょ？」

「夜も友達と焼き肉なんです。いただきます」

フォークを取って真昼が、緑の豆と一緒にパスタを頬張る。

「おいしい！」

「よかった」

月子の言葉と、花の笑う声が重なった。

真昼が思ったよりも、婚約破棄は困難ではなかった。どうしたら彼の体面が保たれるかをきちんと考えてから話した。別れたいと言い出した時点で、彼にとってはもう不可な物件だったとわかった気がした。自分が物件だったとわかって、それはとても悲しかった。

報告した先々で、「何故」と問われた。

けれど今の自分が、真昼は好きだ。それをすべての人にわかってもらうことはとても無理だと、思い知ることにもなった。

「私、ここが楽しい。回数券、買い足したいです」

通じ合える人とだけ話していたいと思うくらいには、くたくたに疲れ果てる、疲弊《ひへい》する出来事だった。

「……回数券は、『野の花、春』を手に取った人にしか売らないの。こんなに高い本買う前に一旦目を覚ましてみてと。ほら、よく見て回数券は手書きだよ。その場でちゃちゃっと書いてる」

笑って月子が、真昼が持っていた残りの二枚を指さす。

「ちゃちゃっとって……」

いわれて真昼がよくよく回数券を見ると、最後の一枚は手書きのインクが滲《にじ》んでいた。

「大丈夫よ。嘘をつかずにすんだ友達、いたでしょ？」

それを自分たちも知っていると、花が教えてくれる。

「枯れ葉を掻き分けて片付けるまでが、都市伝説の魔女だけど魔女じゃない私の、お仕事」

カウンターに未練を見せる真昼に、月子は首を振った。

「枯れ葉に埋まったままだといつか、世界は枯れ葉なんだと思っちゃうじゃない。世界はそういうものなんだと思って、心が死んじゃうかもしれない」

青い花瓶に挿されたミモザを、月子の指がさす。

「うつくしいこと、やさしいこと、楽しいこと、力を振り絞って見て」

ね、とかけられた声がとてもやさしくて、いつもの月子と何故だか少し違うと真昼は思った。

「あなたはここで枯れ葉のことをたくさん考えたから。迂闊《うかつ》にいやなことを思い出さないように、一年くらいは離れてみてもいいかも」

「女の子は、大変」

月子のいい分が腑《ふ》に落ちて、自分で口に出したら違和感なくその言葉が真昼に溶ける。

「私」

友達といわれて、まっすぐに八重を真昼は思った。

「私が私の親友なら、殴ってでも別れさせるって……彼が怒鳴ったときから本当はずっと思ってたんです。だから多分、月子さんやお花さんの言葉、納得できた」

「いるんだね。声が聴こえる友達」

ミモザの下ではしゃいだ少しも大丈夫じゃない真昼が、それでも好きだといった友達がいたことを、月子もちゃんと覚えている。

「でも、八重に決めさせちゃいけないって。なんでだか思ってました」

すべて打ち明けてどうしたらいいと訊いたら、八重はきっと止めてくれると真昼は知っていた。

「それは、あなたも彼女が大切だからじゃない？」

理由を花に語られて、その重荷を八重に背負わせられないと思って一人で立ち止まっているうちに、枯れ葉で視界が埋め尽くされたと気づく。

「八重が、ここに魔女がいるって教えてくれたんです」

「あなたが変わってしまうのを、見てられなかったんだね」

月子の言葉に唇を噛みしめて、真昼がエンドウ豆のパスタを口に入れる。

一年ですっかり変わってしまった自分は、あっという間に手がつけられない「誰か」になっていた。それなのに取り戻せた。

「八重だけが、私をちゃんと覚えていてくれた」

フォークを置いて独り言ちた真昼に、月子も花ももう何もいわない。

食後に珈琲と、きれいな赤紫色のフランボワーズのフィナンシェを出されて、名残惜《なごり》しく席を立った。

「はい、これはおまけ」

いこうとした真昼に、月子から『アンデルセン童話集』を手渡される。

「私」

もう「私」の先の言葉を見失わずにいけたらと、願って真昼は本を受け取った。

「世界が枯れ葉だと思い込まなくてよかった」

ありがとうございましたと笑って二人に頭を下げて、もう迷わない子羊はドアベルを鳴らして店を出た。

●女たち●

やさしい色のミモザから離れていく凛《りん》とした水色の背中を、月子は見送った。

迷いながら、視界をきれいじゃないもので埋め尽くされてここに辿《たど》り着いた女の子が、どうやら大丈夫になって去っていく。

それは月子にはとても幸いなことだった。

そんな風に世界は変わる。一人一人が自分の世界を持っている。幸せとは遠い色もやさしい色に変わる日がある。それを知ることができるのは、幸いだ。

「……『野の花、春』」

回数券の代わりにまた残ってしまった本の棚を、花が天窓の下に見つめる。

「なかなか、売れないわね」

目を伏せて少しだけ俯いた月子に、花は微笑んだ。

「あの値段だもん」

仕方ないと流した月子に、花は何もいわないでくれる。

信じる友の言葉とは、とても大きいものだと花はよく知っている。今はまだ早すぎると、時を見てくれているのかもしれない。

本当のところは、月子にはわからない。

何も、花はいわない。三年前に仕事を辞めて、二年前にこの店を始めて、闇雲な努力で視界をきれいなもので埋め尽くす月子につきあって、花もきれいに笑っている。

花は、月子の近くにいてくれる。

夕方が近づいてきて、いつものきれいな指の人がドアベルを鳴らして入ってきた。

「いらっしゃいませ」

●月子●

「いい人も悪い人も、みんなたった一人の人間。別れたら一人の人間と別れるってことなのはおんなじ」

高窓から月が入り込む二階のテーブルで、氷に少しウイスキーをたらして月子は椅子にもたれた。

「これでよかったのかな。すごく大きな不安と迷いが残る。魔女仕事はもうやだな。だって」

向かいにいるはずの彼から、いつものようにすぐに声が返らない。

「魔女は私の、一番大きな嘘だ」

自分は魔女というものに敬意を持っていると、この間月子は気づかされた。

いろんな道を通ったけれど今の自分を肯定して、ありのままにあるがままを受け入れて生きている。いろんな道を通ったけれど、今はそれなりに幸せに生きている。

自分が魔女だとしたら、そういう魔女の、ふりをしている。

大きな大きな嘘をついている。

「私のたくさんの嘘の中の、一番大きな嘘なのに」

けれど嘘ばかりでもなくなっていると、『野の花、春』がこうして手元に残るたびに思った。

彼がくれたこの本が誰かのものになる日まで。そんな決めごとをして「朝昼夜」の本棚に置いた。それでもまだ手放せない。買おうとする誰かが現れるなら、売ってしまえば終わることなのに。終わらせることは月子にはできない。

「普段結構、忘れてるんだけどな」

今日は花が、『野の花、春』と言葉にした。

信頼する友の言葉の力は、とても大きい。

「私……時間が経つのを待ってるんだ」

月明かりの中で彼の姿を探すのが、月子には難しい夜だ。

「同じことが起きても、子どものときと同じようには今は考えられないじゃない?」

そうだなと、きっと彼はいうだろう。

自分がどんな少年だったか、待っていれば愉快に話してくれるかもしれない。

「そんな風にいつか、私の胸にあるものが癒《い》えるのをじっと待ってる。……もう、三年が過ぎたね」

ずっと古書コーナーの本棚にさしたまま売れない、売らない『野の花、春』を、月明かりの中で月子は捲った。

「この本、くれたの私の誕生日だった。あなたが撮った写真が載ってて、その花がきれいで。うれしかったな。きれいなものが好きだと思える自分も、うれしかった。すごく」

誕生日にもらった花の写真は、暗闇では見えない。

うれしかった。なのにどうして山から帰らないと問えば、彼は「ごめんな」といって悲しむだろう。

彼が帰らないことに慣れることはなく、こうして語らいながら「彼」を悲しませるばかりの夜もたくさんあった。

けれど三年が過ぎて、そんな夜は少なくなっているとふと気づいて月子は戸惑った。

彼の悲しみが、ゆっくりと、月子を離れていく。

「……ぬるめのお湯をためて、本を持ち込んでゆっくりお風呂に入ろうかな。今日はやさしい本を読んで、早く寝る。私」

とん、と。いつもの彼の、テーブルを指で叩く音が聴こえた。

どうやってそんな風に軽く跳ぶのか、やわらかなぬくもりが月子の膝《ひざ》に乗る。白いあたたかな背を、丸く撫でた。

「どうしたの。白《シロ》」

この家の鍵を開けた日に、白は先住者として静かに軒《のき》先にいた。もしかしたら少し年寄りの、左目が蒼《あお》で右目が碧《みどり》の凜とした猫だ。

「甘えるの珍しいね」

本当に珍しく、白は月子の手に頭を擦り寄せた。

唯一の幸いが、帰ってこない。

だから、うつくしいこと、やさしいこと、楽しいことをひたすらに見て、そうしてなんとか息をしてきた。

けれど蹲《うずくま》るようにしていたはずの時が、今見えているものは世界のほんの断片でしかないと月子に思い出させる。

ここが世界の終わりではない。

「大丈夫だよ」

手にぬくもりをくれる白に、小さく笑いかける。

やさしさにうずめた顔を上げて、時々、見る。

世界の方を見る。薄目でも世界の方を見ると、かすかな声が聞こえてくる。

彼は、私の世界のすべてだったのだろうか？

2話　赤毛じゃないアン

●魔女と女友達●

この店には嘘《うそ》がある。

信じることは愛することと同じで、心の中から自然と湧き上がる水のようなものだ。嘘は、その「信じる」という思いを容易に揺らがせてしまう。

ブックカフェの店主だというのに、月子《つきこ》は生まれてからただの一度も『赤毛のアン』を読んだことがなかった。「朝昼夜《あさひるよる》」を始めるときに、体裁として買い揃《そろ》えた。つまりはこの店の本がすべて店主の既読の本だという顧客たちの信頼に、最初から大きな一つの嘘が存在していた。

百年以上前に書かれた不朽《ふきゅう》の名作『赤毛のアン』は、きっとまったく知らない者を見つける方が難しい。

しかしその一つの嘘は今、真実に変わろうとしていた。月子はここのところ、『赤毛のアン』に夢中で寝不足だった。

三十歳をとうに過ぎての初読である。

「眉、描くの忘れたの？」

午後三時のカウンターの中であくびと伸びを同時にした若草色のシャツの月子に、友人で常連客の花《はな》は呆《あき》れ返って大きなため息を吐いた。

「眉を描いてないってことは、下地まで辿《たど》り着けてないってことね。寝坊？」

日焼け止め効果のある薄い色づきの下地に粉と、絶妙なグラデーションのアイメイクをしている花がきれいな唇で笑う。

花曰《いわ》く五月の日差しはやばいそうだが、月子は一年中その言葉を聞いている気がしていた。

「お見通しすぎる。顔洗って化粧水ははたいた。『赤毛のアン』を読んでて寝不足なんだよ……それで朝寝坊したの私の麗《うるわ》しい永遠の友ダイアナ！」

突然月子は、いつもよりテンションを五倍ほど上げてアンの大親友の名前で花に呼びかけた。

「ちょっと！　せめて中学生のときにしてよ『赤毛のアン』ごっこは」

店内には二人の女性客がそれぞれにオーダーしたワンプレートワンドリンクをお供にハン・ガンの『回復する人間』やヴァージニア・ウルフの『波』を読んでいて、花は月子につられて大声を出したことを反省する。

「いやー、真昼《まひる》さんやお花のいう通りおもしろい。大変な女の子のきれいな日記を読んでるみたいだ。でも中学のときに読んだら入り込めなかったかもしれないよ。三十過ぎるとマリラやダイアナの気持ちが気になる」

　そしてアンの相棒であったマシュウについては今はとても触れることもできないと、月子は赤い目を強く擦《こす》った。

「あたしは小学生のときからマリラのことが気になったわ。今どの辺？　誰の訳？」

「村岡花子《むらおかはなこ》。『アンの愛情』の途中。アンがギルバートじゃない男と出会ってる……！」

　花は二十年以上前に通った道なので、月子の感情にはつきあってくれない。

『赤毛のアン』は、孤児院から男の子をもらうはずだったマシュウとマリラ兄妹《きょうだい》が、手違いで利発で活発で何より夢想家の女の子アンをもらうところから物語が始まる。そのアンは問題もたくさん起こすがよく学び、大学にいこうとしたけれど育ててくれたマリラに寄り添って、かつての母校で教師になることを決意するまでが一冊目の『赤毛のアン』だ。

　その先アンの物語は、『アンの青春』、『アンの愛情』、『アンの幸福』、『アンの夢の家』、『炉辺荘《イングルサイド》のアン』、『虹の谷のアン』と続いていく。

　更には主人公を替えて、『アンの娘リラ』、『アンの想い出の日々』までを作家Ｌ・Ｍ・モンゴメリは書いていた。『アンの友達』、『アンをめぐる人々』という短編集もある。

「誰だって他の男も見ておいた方がいいわよ」

「そうかもしれないけど、私はギルバートがいいな」

　教師になったアンは育ったアヴォンリーに尽くし、学費をためて再び大学進学を決意する。その大学生活とアンの恋愛模様を描いた三巻目、『アンの愛情』に月子は突入していた。

「あたしはギルバートでもロイでもどっちでも同じだと思うけど?」

「なんで!」

「中学のときならその話つきあったわ。とにかく続きを読みなさいよ。『今日はちょっとだけハイカロリープレート』お願い。ハイカロリープレートなのにいつもより三百円増しなの納得がいかないわ……」

小さな白い花瓶《かびん》に挿された青い勿忘草《わすれなぐさ》を見つめながら、ふんわりときれいに髪をまとめた花はブルーグレーのサマーニット姿で大きめのため息を吐いた。

とりあえず完読するまではネタバレを避けるためにも黙々と読もうと、月子も『赤毛のアン』トークはあきらめる。

「ハイカロリーなんだから価格もハイなんだよ」

カウンター下の冷蔵庫に入れていたタッパーを取り出して、月子がいつもの白のざらついた皿に淡いブラウンのムースとバケットを薄く切って載せる。

「鴨《かも》レバームースと、ライ麦のバケットになります。お酒なんにする? 真っ昼間だけど呑《の》むよね」

鴨の新鮮なレバーは簡単には手に入らないと知っている花が、レバームースに目を見開いた。

「そこのビストロのソムリエが、実家帰って農場継いだじゃない。新鮮な鴨のレバー売ってくれるっていうから、思い切ってムースにトライしてみた。もともと臭みが少ないんだけど一応ブランデーでレバーをマリネして、バターをたっぷり使用しております」

「ハイカロリーだわ。仕事中でも見てるだけで呑みたくなる」

仕事中にちょっと呑むことを自分に許したらキリがないので、月子は店ではせめて昼間は呑まないと決めている。

「だよねえ。赤、お願い」

「はい。シラー」

今日の赤ワインはシラーで、濃いベリー感とともに激しめのスパイシーな味わいが鴨のムースにぴったりだと月子は自負していた。

「いただきます。……なめらか。鴨、鴨だわ。バターとブランデーの風味がちょうどいい。このブラックベリーの香りのシラーがすごく合う」

「絶賛を受けた。苦労のかいがあった、満足」

「これは三百円増し納得。発酵バターね」

「当たり」

「月子、ちゃんと原価計算できてるのね。偉いわ」

感心して花が褒めたのは、計算は月子の苦手分野だとよくわかっていてのことだった。

「お金のことはしっかりやっております。苦手だけど、やってたら慣れてはきたかな」

「本当に偉い」

もう一度、花が微笑《ほほえ》んで月子を褒める。

「ありがと。苦手なだけに嬉《うれ》しいな。焼き菓子もがんばってみようかなあ。お花、教えてくれる？」

「……いいけど。どうしたの？」

開店してから二年以上、「朝昼夜」の焼き菓子は実は花が焼いていた。今週はずっと甘夏のパウンドケーキだ。バターにしっかり空気が入っていてしっとりと甘酸っぱい。ケーキの上に載せる輪切りの甘夏は、しっかり乾燥させている。透明なオレンジがきれいで、もちがよい。

「この店、いろんな嘘があるじゃない？　実は私じゃなくて花が焼いてる焼き菓子や、実は読んでなかった『赤毛のアン』に夢中で寝坊しただけの、私のナチュラルメイクのふりしたすっぴんとか」

「並べられると多すぎるわね」

「ちょっと嘘、がんばりすぎてるかなって最近思うようになった」

「そうね。がんばりすぎはがんばりすぎよ」

勿忘草を指で軽く撫《な》でて、「だからいつもいってるじゃない」と花は肩を竦《すく》めた。

「魔女は独り歩きで私がついた嘘じゃないけど、この間真昼さんとなんだか今までになく向き合ってみて」

魔女を求めてやってくる人々からずっと月子は逃げ腰だったたが、結婚を目前に控えていた真昼の話を真摯《しんし》に聴いたことで今までとは違う感情を与えられていた。

「女の子たちに、転ばないでほしいって思ってる。私。でも何度かは転んでみた方がよくない？　私、自立してる人にお節介してない？」

魔女に前向きではないけれど、前向きに月子は悩んでいる。

「あんたいい人ね。みんな向こうからきてるのよ。もう転んでるの。転んでなんとか立ち上がって、なんとか歩いてここまできてる。痛い痛い、どうしたらいいの？　って。結果や未来のことばっかり心配して、始まりを見失ってるわよ」

花は月子のために、小さなため息を吐いた。

「……そっか。そうだな。もう痛かったんだったた、エンドウ豆の上に寝たお姫様は」

不安から安堵《あんど》への言葉を、月子は花にもらう。

「魔女はでも、やっぱり重荷だよ。またきたら、そのとき考える」

「そうなさい。焼き菓子は、今考えるの？」

「うん。自分で焼けるようになりたい。三十過ぎて初めて読んだ『赤毛のアン』が私の背中を押した。おいしそうな甘いものが出てくる」

最後はふざけて、月子は笑った。

「真剣に覚える気になったら、月子ならお店に出せるもの作れるようになるわ。きっとすぐに」

何故《なぜ》だか花は、笑った月子にはつきあわず声が静かだ。

ちゃんと尋ねないままでいることを、尋ねようか月子は迷った。

開店のときにフィナンシェを花から大量にもらって、焼き菓子を買いたいと漏らしたときに初めて、月子は花が副業で焼き菓子の通信販売をしていることを知らされた。

趣味みたいなもんよ。なんとなくやってるだけ。

曖昧《あいまい》に花はいったけれど、きちんと許可もとって仕事場に専用のキッチンまで持っている。

店を始めたとき月子はあまりにも自分のことで精一杯で、その「なんとなく」にしては随分《ずいぶん》大変な焼き菓子作りを何故花がやっているのか理由を訊《き》きそびれてしまった。

「お花は」

もともと花が一人でやっていた副業が今止まっていると気づいて、それで自分で焼かなくてはという思いが月子には当たり前に生まれている。

「あたしもずっと西荻窪《にしおぎくぼ》にいるとは限らないし。そうね。できるようにならないとね」

なのに、お願いし続けていることをどう感じているのか思い切って月子が尋ねようとしたら、まったく想定しなかった言葉が花から与えられた。

「……え？」

花はこの杉並区《すぎなみ》で、いつか恋人と入籍すると常々いっている。

引っ越すかもしれないという話は、月子は今初めて聞いた。

月子と花は、中学の同級生だ。花は生物学的には男性として生まれたけれど女性であることを、学校で否定する者は意外にもほとんどいなかった。たまに嫌なことをいうのはたいてい幼い男子だったが、何かいえばそばにいた女子が瞬《また》く間に猛攻撃をするのでやがて誰も嫌なことをいわなくなった。

花は女子の輪の中にいて、むしろオピニオンリーダー的な存在でさえあった。月子は男子に猛抗議する花の友人の代表だった。

「お花、西荻窪」

西荻窪が好きだから離れないっていったじゃない。

そういいかけて、月子は口を噤《つぐ》んだ。

自分は花より〝ずっと幼い女の子〟を長々とやってきて、転んでは痛い思いをするたび慰《なぐさ》められたり叱《しか》られたりしてもう二十年以上一緒にいる。

「とりあえず基本のパウンドケーキのレシピ、書いてくるわね」

やわらかくいって、花は少し多めのレバームースを口に運んだ。

いつでもきれいな花の唇が、いつものように弧《こ》を描かない。

●赤毛じゃないアン●

買うには高い翻訳本を静かに爆読するという客層の「朝昼夜」に、あまり馴染《なじ》まないタイプの宵町杏《よいまちあん》はかまわず午後三時半の店内に入った。

「いらっしゃいませ」

カウンターの中からこざっぱりした印象の若草色のシャツの女性に挨拶《あいさつ》をされて、大きく頭を下げる。

そして杏はわき目もふらず、まっすぐ階段二段分高くなっている本棚に突進した。

名前は杏だが、『赤毛のアン』のアン・シャーリーと違って杏は髪を自分で亜麻色《あまいろ》に染めている。衣装といっても過言ではないあらゆる色が入ったワンピースにはさらに油絵の具が馴染んでいて、わずかにテレピン油の香りがした。

「……野の花、野の花、春。三万円⁉」

貸し本の本棚を通り越して一番奥の販売用古書の棚に猛進した杏が、その本を手に取ることを知って店主がため息を吐いたとは気づかない。

「三万円」

杏は、バイトをしながら画材を買うので精一杯の美大生だ。

そもそも普段ならこのブックカフェさえ素通りして、本を読むのには図書館にいく。

「ううん。だって、恋愛成就の魔法代だもん」

ブックカフェ「朝昼夜」の魔女の噂《うわさ》は、店主の与《あずか》り知らないところで安くなっていたのであった。

●赤毛じゃないアンと安上がりな魔女とただの女と●

「大好きな彼がなにを考えてるかわからないんです！」

言葉を聞くより先に、ああこの子はドアベルを鳴らしてわき目もふらずに奥にいった子だと、カウンターに近づいてきたカラフルな女の子に月子はため息を吐いた。

もちろん『野の花、春』が、思い切りよくカウンターに置かれている。

「そうですか……その前にご注文は？」

しかしお客なことには間違いないと一旦《いったん》月子が尋ねると、女の子は両手で『野の花、春』を顔の高さまで待ち上げた。

「この本を買ったら恋愛成就の魔法を使ってもらえるって聞いてきました！　本と、恋の魔法お願いします!!」

「また微妙に噂が進化してるわね。進化？　ううん、変化《へんげ》ね。化けてしまったわ」

赤ワインを呑んでいた花が、我関せずと鴨レバームースをフォークに取る。

「どこでそんな話を」

「駅のコンビニです！　あなたが女子高生が噂していた魔女ですか？　すごい。なんだかナチュラル系魔女なんですね。素敵です！」

直球すぎて何処《どこ》から否定したらいいのかわからず尋ねた月子に、勢いよく女の子は答えた。

「すごいの……？　いやこの眉も描けてないすっぴんはたまたま『赤毛のアン』が止まらなくてって、待って待ってちょっと待って。一つ一ついこうか。私は、魔女では、ないです」

「ちなみにあたしも違うわ。もう駅のコンビニには貼り紙が必要ね」

ＳＮＳより拡散力が激しいと、感心せざるを得ない。

「え？　でも、この本を買ったら恋が実るって。確かに聞きました」

「噂が飛躍的に即物的になってる。三万円だよ？　その本」

三万円という値段に気づかない、立ち止まらない女の子が心配という月子の思いから、魔女は歩き出してしまったはずだった。

「恋が実るなら払います！　ひと月のバイト代ふっ飛ぶけど、彼とうまくいくんだったら!!」

けれどまっすぐそういわれると、確かに三万円は安く思える。

勢い余る彼女の声の大きさに、さすがに店内で読書に熱中している二人がカウンターを見た。

「三万円あったら『世界文学全集』とりあえず三分の一買うわ」

「ハンナ・アレント、上製本で揃える。足りるかな」

恋の成就と天秤《てんびん》にかけられた独り言が、その二人から小さく落ちる。

「そんな……」

「まあまあ、座って、小声でお願い。ここブックカフェなんです。気づいてた？」

大切な恋を一蹴《いっしゅう》されて悄然《しょうぜん》とする女の子に、月子はカウンターの椅子《いす》を勧めた。

「軽く聞くけど。恋を実らせたいって、片思いってこと？」

肩を落とした彼女が気の毒には思えて、言葉通り軽く月子が小声で尋ねる。

「いいえ。多少はつきあってる、はずです。多分、もしかしたら、あるいは」

「恐ろしく曖昧ね……」

赤ワインを呑み干して、鴨レバームースが余ってしまった花は呟《つぶや》いた。

花を帰してなるものかと、月子が白い蕎麦猪口《そばちょこ》にそっとシラーを注ぎ足す。

「とりあえず、ご注文は？」

「両想いでお願いします！」

「あなた今つきあってるっていったよね!?」

彼女に小声を頼んだ月子からも、早々に悲鳴が上がった。

「……多分です。一緒にいていい？　ここに私もいていいの？　っていったら、うんって」

いいながら彼女の声は、悲愴《ひそう》ではないもののとても心細そうだ。

「私はこのお店の店主の月子です」

分厚い津軽《つがる》びいどろのグラスに水を注いで、月子は先に自分から名乗った。

「あたしは花よ。お花」

彼女の右隣から、花もやさしく笑いかける。

「すみませんいきなり。三万円で両想いになれると思ったら嬉しくなっちゃって。私、宵町杏です」

「アン……やばい本物きちゃった」

「あ、さっきおっしゃってた『赤毛のアン』のアンですか？　よくいわれます。名前も同じだから、合ってるって」

だとしたらその曖昧な恋は空想の白い花が咲く小径《こみち》である可能性も否《いな》めないと、月子も花も心の中で静かに不安になった。

「よくいわれますが、『赤毛のアン』とは私はあんまり気が合いません」

名前だけでなく、朗《ほが》らかを大きく通り越している杏の持つ空気はアン・シャーリーそのものに見えたが、杏自身は不満のようだ。

「だってアンは、あんなに一生懸命学んでるのにギルバートと」

「ストップ！ ちょっと待って、『赤毛のアン』よりあなたの話を聞く」

ブックカフェの店主が実は『赤毛のアン』を今初めて読んでいると大声で打ち明けるわけにいかず、ネタバレを避けるために月子は杏の話をなんとか遮《さえぎ》った。

「え？ ありがとうございます！ ……あ、小声小声。私もまだ、好きっていってないんです。彼に」

元気に辻褄《つじつま》の合わないことをいう杏は、けれど不思議に嘘を吐いているようにもわざわざ嘘を仕立てて語っているようにも見えない。

「でもつきあっていると」

「つきあっているというか、彼とはずっと一緒にいるんです。私、庭園藝術《ていえんげいじゅつ》大学の美校の大学院一年生で」

庭園藝術大学は、武蔵野《むさしの》市の緑深い森林の中に在《あ》った。美校、いわゆる美術学科と、音校、音楽学科は道を挟んで門が向かい合わせになる形で隣接している。

「彼は音校の大学院の一年生。私が絵を描いているときに、彼がアトリエでバイオリンを弾くんです」

自己紹介されなくても美校と音校の学生は、ほとんど後ろ姿でさえ区別がついた。目の前でカラフルな衣装を纏《まと》っている杏には自覚がないのかもしれないが、服装も髪形もまったく違うのだ。

「すごく素敵な関係じゃない」

うらやましいわと心からいって、花が注がれてしまった赤ワインを呑む。

これは惚気《のろけ》を聞かされているのかもしれないと、月子はよきシラーを花に追加したことを地味に悔やんだ。

「お互い学部生のときからもうすぐ三年、ずっとです。ずっとそうやって二人きりで同じアトリエにいて、一度も好きっていわれてないし……手も繋《つな》いだこともないんです」

明るい色だけれど必死な目をした杏の悩みが、にわかに三万円の価値を孕《はら》む。

「どうしよう……興味深い」

「猫でもないのに好奇心に殺されるわよ……でもあたしも続きがとっても気になるわ」

同い年の藝大生がそれぞれ美術と音楽にいそしみ、普通に年齢を計算するとどうやら双方二十三歳の男女が、三年間二人っきりで過ごして手を繋ぐどころか告白もしていない。

「彼が何を考えているのか全然わからないんです」

「それは我々にもわかるわけないよね」

「勝手に一緒にしないで」

興味深い迷い子が飛び込んできたものの、月子はいつになく花にほんの少しの棘《とげ》があるのが気にかかった。

「お花にはわかるなら教えてあげてよ」

「情報が足りなすぎるわ」

さっき、花は引っ越すかもしれないと初めて月子にいった。理由も前置きもなかったので、月子は月子で花に訊きたいことが山ほどあるが今のところ胸に溜め込んでいる。

二年この店をやって、いつの間にか駅のコンビニで魔女と噂されている月子だが、今まで切羽詰まった目をした女の子たちから受けたいくつかの相談になんとか応《こた》えられたのは、いつもカウンターに花がいたからだ。

「……よしわかった」

もしも花がいなかったら、とてもじゃないが月子には恋の相談を受ける魔女など無理だ。この『赤毛のアン』の空想のような話ならなんとか一人でも聞けるかもしれないと、月子が杏に頷《うなず》く。

「回数券書きましょう。ワンプレートワンドリンク。焼き菓子と珈琲《コーヒー》は五枚で三千五百円。お総菜とアルコールは五枚で五千円」

「月子の方でも魔女の説明省略しちゃってるから、このままだと魔女ビジネスも続くわよ。

終われないわ」

　棘か心配か区別のつかない言い方を、珍しく花はした。

「ビジネス魔女なんですね！　焼き菓子と珈琲でお願いします。私のひと月のバイト代だけど三万円で恋が実るなんて安いと思ったのに、もっと安くなって焼き菓子がついてくるなんて……」

「本当だ。魔女、全然終われない。困った」

　杏の誤解を解けないことには戸惑いながら、花から漂う苛立《いらだ》ちも気にかかって月子は事態を整理できず回数券を書く手を止める。

「ええと、回数券は本当に焼き菓子と珈琲五回分だけです。本も、両想いもついてきません。もしそれでもよかったらどうぞ」

「そんな」

　改めてきちんと説明した月子に、杏が目を見開く。

「話は聞くけど、両想いをお金で買えたらやばいでしょ。お花が言った通り、私も素敵な関係だと思うけどな。あなたが……杏さんが絵を描いているそばで、彼がバイオリンを奏でてくれるなんて」

　ただし今のところは、「それが本当なら」と心の中で付け加えてしまうのは致し方ないことだ。杏の話はやはり突飛で現実離れしている。

「素敵な関係かな。正直にいうと、私、二年生のときに旧校舎の個室を獲得したんです」

俯《うつむ》いて、杏は月子には意味がわからないことを呟いた。

「何一つ繋がりを見せない……いや、待つよ。繋がるまで」

「聞きましょ」

杏の隣できれいに笑っている花は、月子よりは杏のいっていることを理解しているように見える。

それで月子は、花が美大を出ていることをすぐに思い出した。

「使われていない取り壊し予定の旧校舎の一部屋を、きれいに掃除して。窓やドアを直してから、使わせてくださいって教授にお願いして。アトリエをゲットしました」

「すごい」

「行動的ね」

花の言葉通り、月子も杏に感心する。

「最初に君が思いついたんだからいいよっていっていただいて。美大の先生はアバウトなんです。その後旧校舎の他の部屋は、彫塑《ちょうそ》科や日本画科の学生ですぐに埋まりました。私は最初の一人で、一人で描いている頃にたまたま彼が通りかかって」

「ん。何故たまたま通りかかったのか説明していただきたい」

「彼は美校の旧校舎には人がいないと思って、外でバイオリンを弾いてたんです」

「バイオリンを弾いている彼がたまたま外を通りかかる……。何処で弾いてもいいもんなの？」

バイオリンの彼は実在するの？　という問いかけを呑み込んだ月子は国文科出身なので、藝大の自由度の高さは想像の範疇《はんちゅう》をはみ出ていた。

「美術や音楽に関わることで、うるさいって文句いう人は校内にはいないです。自分がいわれるかもしれないし」

「なるほど」

「あたしの母校も似たり寄ったり。壁一面に中庭と続きになってる絵が描いてあったり、壁から彫塑の手が突き出てたり」

バイオリンの彼はともかく、芸術関係の大学がそのくらい自由だとは花が保証する。

「お花さんも美大なんですか？」

「そうなの。今はブックカバーのデザイナーやってるのよ。イラストを描くこともあるわ」

「すごいですね。お仕事にしてるんだ。希望が持てます」

絵を仕事にすることは簡単ではないので、言葉通り花に希望をもらって杏が嬉しそうに目を輝かせた。

「とてもきれいな音なんです。彼のバイオリン。初めて聴いたのは『G線上のアリア』でした」

「杏さんもクラシックわかるんだ？」

「Ｇ線上のアリア」という曲名だけでもおとぎ話めいていて、興味を持ったものの月子はさてどんな心持ちで杏の話を聞いたらいいのかまだわからなかった。

「最初だけ、彼にその曲なに？　って訊いて。その後自分でも聴くようになって、有名な曲は覚えて」

「そうかそうか」

好きな人のことだから一生懸命覚えられるというのは、月子にもよくわかる。

「小雨が降ったときに、バイオリンが傷《いた》んじゃうからよかったらアトリエで弾いてってお願いして。週の半分、三日は私が絵を描いている部屋で彼がバイオリンを弾いて。そうやってずっと、一緒にいて」

ただ、才能のある人を好きになることの多かった月子にさえそれは、うつくしい物語の風景に思えてならなかった。

「そして手も繋がないままかれこれ三年が経《た》ちました」

真顔の杏に、逆にいっそ物語の方が気が楽な話だと月子の笑顔が固まる。

「そうかそうか」

他に出てくる言葉は見つからなかった。

「まあ、でもそれはつきあってるっていっても……いいようなよくないような。うーん。

杏さんがつきあってるはずって思うのはなんで?」

　三年同じ部屋で、彼女は絵を描いて、彼はバイオリンを弾いて。聞いている限りでは少なからず会話もある。だがつきあっているというなら、できれば手は繋いだといってほしい。

「私が髪をこの色に染めた日には、『亜麻色の髪の乙女』を弾いてくれたんです!」

「そうかそうか……」

「アトリエにくるようになって一か月後に弾いた曲が、エルガーの『愛の挨拶』だったってあとで気がつきました!」

「挨拶ってちょっと微妙ねえ……」

　バイオリン青年の弦と語らう杏の「つきあってる」に、花もなんとかつきあった。

「アトリエに同期の男の子がきたときは、エルガーの『気まぐれな女』とクライスラーの『愛の悲しみ』を」

「仮にそれが彼の感情表現だとして、その彼好き……?」

　感じ悪くないかと喉《のど》まで出かかった言葉を、月子がなんとか呑み込む。今日は呑み込む言葉が多すぎる。

「大好きです!　今は……コンクールのために難しいバイオリン協奏曲を練習してるんですけど。時々、『G線上のアリア』も弾いてくれます。すごく嬉しい。だって出会いの曲だもん」

本当に嬉しそうにそれを食み返《は》している杏に、月子は「ああ、モンゴメリの書いたアンだ」という感情と、もう一つこそばゆいような気持ちが湧いた。

幼いのか、それとも藝大生らしい浮世離れした話なのかそれはわからないけれど、杏は恋をしている。そのバイオリンを弾く青年に、心から焦がれているのだ。

ただ、それは三万円を払って『野の花、春』を求めるようなことでも、回数券で一人歩きの魔女を頼ることでもなく、杏一人で完結できる恋に思える。

「アトリエ以外では会わないの？」

デートはしないのかと、手元で丁寧に珈琲をいれながら遠回しに月子は尋ねた。

「一緒に駅まで帰ったり、たまにですけどお茶したりします」

「デートね」

やさしく、花が声にする。

「……でも、いつもあれこれ私が理由付けて。暑くない？　寒くない？　疲れてない？って。それで一緒にお店に入っても、会話もほとんどなくて」

「そっか。ちなみに本日のワンプレートワンドリンクは甘夏のパウンドケーキと珈琲になります。回数券については、まあ後で考えたかったら考えて。買わなくていいんじゃないかな？」

その恋は自分で大切に育てていけばいいのではないかと、月子は白いプレートにきれいにドライされたオレンジ色の甘夏が載ったパウンドケーキを置いた。珈琲は杏に似合う気がした水色のマグカップに注ぐ。

「きれい……おいしそう。いただきます！」

うっとりと杏が、パウンドケーキを眺める。

実際は花が焼いているパウンドケーキは、よいバターを常温で白くなるまでふんわりと混ぜて、甘夏は形を残したまま一緒に焼かれている。

「召し上がれ」

「おいしい！　甘苦くて、すごくバターが……」

「あなたそんなにお喋《しゃべ》りなのに、何を考えてるのかわからない彼とほとんど話さずに一緒にいるんだよね？　それでどうして好きなの？」

素朴《そぼく》な疑問が湧いて、月子はつい無遠慮に質問してしまった。

「え？　恋に理由とか必要ですか⁉」

「え、理由いらないんだ……」

なんだかとてつもなく痛いところを突かれた気がして、月子が黙り込む。

「でも、本当はいろいろ話したいんです。このままバイオリンを何処で続けたいのかとか」

「大学院なら、あと一年くらいでお互い卒業？」

黙り込んだ月子の代わりに、花が訊いた。

「普通なら、あと一年と十か月で卒業です。そしたら楽団に入るのか、ソロで続けるのか」

ふわっとしているのか現実的なのかわからない杏とバイオリン青年の恋のリミットは、きっちり数字を刻んでいる。

「あと一年と十か月その質問できなかったら、トータルで五年間あなたと彼は大事な話をしてないいってことになるよね」

数字だけはきっちり刻まれているが、三年間一緒に、しかも二人きりでいてその進展のなさはどう考えてもパウンドケーキのバターよりふんわりしていた。

「まあ、それはそうね」

五年といわれて、花も素敵とばかりはいっていられない長さだと肩を竦める。

「そんなに一緒にいるなら、好きですって一言告白したら片が付きそうだけど」

「待って。あたしは慎重派」

告白しちゃいなよ、と簡単にいった月子に、花が首を振った。

「三年も睨《にら》み合ってるのよ？　仮に両想いだとしても、どっちから先に告白したかっていうのはのちのちイニシアチブにかかわってくるから大事よ。そんな音楽馬鹿《ばか》、ただでさえ自分の手元のことで一生懸命になったら恋愛どころじゃないだろうし」

アーティストとの恋には基本賛成しない花が、せめて慎重にと大人の女らしいことを述べる。

「イニシアチブなんて……取られたっていいです。一緒にいられたら」

「その言い方はちょっと心配だな。とりあえずお喋りしなよ。彼と」

「どうやってですか？」

三年、週に三日二人きりで好きな人と同じ部屋にいる杏が、澄んだ瞳で月子に問う。

長く、月子は考え込んだ。それこそコンビニで売っている雑誌に書かれてるような、ごく普通のアドバイスしか思いつかない。

「『あの』、っていってみて」

うなじを掻《か》きながら、またもや嘘を吐いている後ろめたさで月子は告げた。

「あの？」

「うん。それから、『なんでもない』っていえば向こうからなんかしら話しかけてくるよ。そしたらこう……進路どうするの？　とかさ」

なんて適当なことをいっているのだと、駅のコンビニの魔女としては雑誌よりまったく役に立たないことに恥ずかしくなる。

「すごい。それなら会話になりそう！　ありがとうございます。私回数券買います！」

しかしまともに受けた杏は、意気込んで甘夏のパウンドケーキを頰張《ほおば》った。

「回数券は、いいよ。大丈夫」

月子は適当なことをいってしまったが、きっときっかけがあれば杏の恋は何かしらの進展をするだろう。ただし、バイオリンの語りかけが妄想ではない限り。

しどろもどろに、杏は彼とつきあっているのかもしれないと曖昧なことをいった。けれど最初にいったことは、大好きな彼の気持ちがわからない、だった。

それが一番知りたいことなのだろうと、正直な杏が甘夏に目を細めるのが可愛《かわい》らしくて、月子はくすりと小さく笑う。

幼い女の子に出会ったように。アンを知った、『赤毛のアン』のマリラのように。

花も今は、手元の勿忘草ではなくて杏を見つめている。

女の子は大変。

大変なので月子は、この店をうつくしいものやさしいもの楽しいもので埋め尽くした。

もしかしたら杏も大変な女の子なのかもしれないけれど、月子にとっては杏もうつくしいものやさしいもの楽しいものとまるで見分けがつかない。

最初から「朝昼夜」にいたかのように、杏はただかわいらしく見えた。

杏は勿忘草に気づいてもいない。

●二階の山男●

鴨のレバームースでは際限なく呑んでしまうので、二階の母屋《おもや》で月子は鴨の胸肉を弱火で丁寧に焼いた。脂《あぶら》は焼いているうちに出てきてくれるので塩胡椒《こしょう》だけして、焼き色がついてから何度かひっくり返しては待つと肉がロゼ色になる。

「私の麗しのダイアナが酷いんだよ」

鴨の胸肉のソテーに、茹《ゆ》でたアスパラと軽く焦がしたペコロスを添えて、いつものように向かいに座っている彼に月子が愚痴《ぐち》を聴かせる。

「俺『赤毛のアン』、読んでないよ」

いつでも穏やかに笑う彼の声は、低すぎも高すぎもせず耳心地がよかった。

「でも通じてるじゃないか」

月子は、自分が杏とは違って大分現実的な人間だと、知っているつもりだった。杏ほどには想像力がない、という言い方もできる。

「それは最近毎晩、月子が俺にアンの話をするからだ。すっかり読んだ気になった」

本意ではないと、彼が赤ワインではなくビールを呑む。

夏日に近い五月晴《さつきば》れが続いて、冷えたビールは心地よく喉を通るだろう。

彼はビールが好きだ。好きだったことを月子はきちんと覚えている。忘れない。

「それで、ダイアナがどうした」

だからこうして毎晩語らっている彼が、彼ではないことを月子はわかっていて話している。

三年前から返事をしなくなった彼が、何をどう語りどう答えるのか、それは月子にはきちんと想像できた。

「引っ越すなんて聞いてない。一回も聞いたことない」

さらっと今日、花は、「あたしもずっと西荻窪にいるとは限らないし」といった。花は戸籍上は同性のパートナーとこの街で結婚できるようになるのを待つと、月子に話している。

「……でも、パートナーシップ制度じゃなくて完全な結婚っていったら相当先になるし」

花がパートナーとの関係について制度上の妥協を考え始めたなら、月子はもちろんどんな形であろうと祝うつもりだ。

「なのに相談もしてくれないダイアナに拗《す》ねてるわけだ。話したつもりになってるんじゃないのか？」

「それはさ、あなただよね。あなたのやることだよ。すっごい大事なことも、『あれ？話してなかったっけ？』って」

「……流れ弾、もらい事故」

心当たりが山とあるのだろう彼が、背を丸めてビールをすする。

「私、捨てられたと思ったなあ。なんにもいわないで山に行っちゃって。三か月も連絡なくて。帰ってきたとき、この台詞《せりふ》いわれた。けろっとして、捨てるわけないだろってきょとんとしてさ」

「本当にすみません……だけど捨てるわけないし、別れるわけないし。ごめん」

「あれがあったから、不安にならずに待てるようになったけどね。あ、忘れてるんだって」

本当に忘れているだけなのだろうと信じられるというのは、月子には大きなことだった。

きっと、どんな恋人たちにも大きなことではないだろうか。

「めちゃくちゃ謝ったっけな」

「謝って、『だいたい、捨てるなんてあり得ない』っていった。捨てるっていう言葉を、私に使うわけないって。なんか逆に怒られた気がしたよ」

「ごめん。でも俺、月子のことそんな物みたいな言い方絶対しないよ」

不安な三か月を月子は過ごしたけれど、彼が「ただいま」と帰ってきたあと泣いて怒って、そして大切な話がたくさんできた。

長く連絡がなくても、大事な話をされていなくても、相手に他意がないと信じられる。疑心暗鬼な時間を過ごさなくて済む。

尊重だけは絶対に忘れないと、彼は月子に誓った。

「すっごく素敵な恋してる子がきたの。赤毛じゃない杏さん」

「毎日『赤毛のアン』の話聞いてるからややこしいんだけど」

混乱を示しながらも、彼が笑う。

「杏さんは美大の大学院生で、髪は亜麻色。その色に染めた日には『亜麻色の髪の乙女』を弾いてくれるバイオリン青年と、杏さんは絵を描いてるアトリエで日々二人きり」

「最高だな、それは。現実？」

揶揄《やゆ》ではなく、夢のように素敵な話だと彼は思ったようだった。

「まあ、私も若干《じゃっかん》そこは不安。だけど空想にしては辻褄が合ってた気がする。つきあってるかも、そうじゃないかもの不安なところが赤裸々《せきらら》だった」

杏がテンション高く夢を語っているようだったのも相俟《あいま》って、実のところ月子自身何度か「現実？」と尋ねそうになったが、杏の話には彼女自身の不安が隠さず語られたし、何より矛盾《むじゅん》がなかった。

「現実なら、何が不安なの」

「三年間そうやって一緒にいて。手も繋がず、会話もあんまりないみたい」

「それはそれでいいんじゃないのか？」

そんな間柄も素敵だと、彼は肯定《こうてい》的だ。

月子にもその気持ちはあった。

「バイオリン弾いてる芸術家なら、ただその場所がいいって思ってるだけの可能性だってあるんじゃないって。杏さんが帰ったあとに、お花が心配してた。そういわれたら……」

そういうことは悪気がなくとも音楽家にはあり得るし、月子自身過去に防音だからという理由だけでベースを弾いている男に自分の部屋に通われた経験がある。

「アーティストに、才能に恋しちゃうのは私だ。そっか、あんな感じか。それは心配しただろうなお花も」

花が言葉にしたバイオリン青年への懸念は、月子には思いつかなかった。経験したことなのに、そこは杏の目線になってしまったのだ。

「俺も？」

いたずらっぽく、彼が笑う。

「あなたのことは、最初にあなたが撮った写真見せた。山に咲いてる、誰も見ない白くてきれいな小さな花」

「ユキワリイチゲ」

「いま、名前いおうと思ったのに」

山の渓谷で撮ったと彼がくれたユキワリイチゲの写真は、月子にはただきれいだった。きれいな見たことのない花が咲いている「渓谷」が、どんな場所なのかそのときは想像もできていなかった。

「誰も見ない山の花を写真に撮るのっていったら」

「ヤバイ」

花が月子にいった言葉を、おどけて彼が綴《つづ》る。

「当たり。まあ、そこは私の信頼のなさも大きかったな。お花は私がたくさん転ぶのを見てた。たくさん心配してくれて、だから彼は違うよって急にいわれてもそれは信じられないよね」

ふと初めて花の気持ちになって、「今度は違うよ」と彼の話をしても取り合ってくれなかった時を月子は振り返った。

「いつ、信じてくれたんだろう」

「何を？」

やわらかく問いかけた彼を、月子がまっすぐ見つめる。

彼は違う。花の大切な親友を、彼は大切にしてくれると、いつ花は信じてくれたのだろう。

「何回か一緒にメシ食ったな。花さんの彼氏と四人で食べたり」

「あのときのお花の彼氏は……」

いいかけて、月子は言葉を止めた。

三年前のレコードの再生には、たまにこうして失敗する。仕方ない。月子が覚えている彼は、三年前から更新されないのだから。

彼の言葉が更新されなくなって、月子は自分の言葉も見失ってしまった。

花が月子につかず離れず、けれどしっかりと寄り添ってくれて、叔母がこの家をくれた。この家の鍵を開けた日に、彼はもとの姿のまま帰ってきた。変わることのない彼とこうして話しながら、月子は失いかけていた自分の言葉を、取り戻した。

「お花に心配されるのは仕方ないな」

花はあまり自分の恋愛の話をしないが、それでもパートナーができると月子に会わせてくれる。いつも派手なところのない真面目そうな男を花は選ぶ。仕事もだいたい堅い。自分がフリーランスだからバランスだと、花は笑う。

そして花は一人の男と長くつきあうが、彼と四人で食事をした人とは三年前に別れてしまった。海外支社への転勤に一緒にきてほしいといわれて断ったと、あとになって月子はあっさりと花から理由ごと聞いた。

「お花は、今はあなたの知らない人とつきあってるよ」

仕方ないから、月子の方で情報を更新する。

「……西荻窪に、残ってくれたのかなって思ってたな。どっかで私」

デザインをデータでやり取りする今、通信環境が整っている国であれば花は仕事を続けられる。そういう仕事だし、花の装丁は安定して求められている。

「あのときの彼氏と別れたの？　いい人だったのに」

一度再生を止めた会話が、なめらかに滑り出した。この停止と再生の繰り返しに、月子は慣れている。

「うん。すごくいい人だったのに、別れちゃった」

そのときは気づく心の余裕が月子にまるでなかったけれど、三年のうちに段々と花は、心配な親友のそばにいることを選んでくれたのだろうと気づいた。

「今の彼氏も、いい人?」

石で塞がれたかのように詰まった息を、彼の問いかけで外に出す。

「今度、もう一度聞いてみる」

泣きそうになった。けれど月子は泣かない。泣いたらきっと、止まらないのはわかっている。

「あなたは」

今日つまらない棘を出し合ってしまった花に、明日はすっきりした白ワインの封を開けよう。

「私の話を聴いてくれる」

彼と話したから、月子はそんな風に思えた。

「欲しい言葉をくれる」

この家の鍵を開けてからずっと、月子と彼の会話は楽しく穏やかだ。

「俺はアーティストかもしれないけど、杏さんとバイオリン青年よりは喋ってるかな」

ふざけている彼は、自分をアーティストだとは納得していない様子だ。

「……杏さんとバイオリン青年の話、私そんなにちゃんとしたっけ？」

今日はなんだか停止と再生がうまくいかないと苦笑して、月子は赤ワインを呑んだ。

「鴨が冷めちゃう」

じっくり焼いた鴨が固くなってしまうと、慌《あわ》てて頬張る。

若い緑色のアスパラガスとペコロスはとてもいい付け合わせだけれど、彩りでラディッシュを入れればよかったと皿の上を月子は見つめた。

黙って鴨を食べて、静かに赤ワインを呑む。

皿が空になって、月子は届いていた雑誌を封筒から出した。

山の専門誌だ。彼について書かれた記事が載っている。時々、彼の記事は登山にまつわるネガティブな例として出ることがある。

まったく褒められてはいない。

「杏さんとバイオリン青年と違って、私たちはたくさんたくさん話をしたね」

「ああ」

「たくさんたくさん話をしたけど、私は本当にあなたを」

わかっていたのだろうか。

彼を批判する記事を見かけるたびに、これは自分の知っている彼の話だろうかと月子は惑う。

単独登山なのに、予定の登山ルートを必ずといっていいほど守らない。それは彼が持ち帰った写真からわかる。時には基本ルールの入山届さえ出さない。

山を愛する者たちにとって、彼は戒《いまし》めとなるとても身勝手な人物だった。

「知らない人みたいだ」

対話を重んじて、人を尊重し、省《かえり》みることを知っている。

それが月子には彼という人だった。

「どうした？」

月子に、不思議そうな声がかけられる。

雑誌を、膝《ひざ》の上で月子は伏せた。

あんなにたくさん話をしたのに、そんなにも彼を知らなかったということがあるのだろうか。

この雑誌を片付けても、彼にまつわる記事はまた出る。

山から帰らない人がいれば、山にかかわる人々はその人について考えざるを得ず、それで彼は何度も非難と批判の記事になった。山に入る人が増えて遭難者が増加していることも、恐らくは彼の記事が絶えない理由だ。

この雑誌の中では道に迷い何日も遭難して大きな騒ぎの中で帰ってきた人々がどこで道

を間違えたのかという原因が、冷静に分析されている。省みる記事には必ず、後世の人のために口を開いた遭難者への敬意がある。

しかし彼の記事の中から、彼への敬意を見つけることは困難だ。

山を愛する者たちには、彼を許すことが難しいらしい。

敢《あ》えて、月子は山の雑誌を読むようになった。読めるようになったのは最近だ。

とん。

いつもの彼の、テーブルを指で打つ音が響く。

やわらかい猫らしい足取りで白《シロ》が床を蹴って、月子の膝に乗ったので雑誌が落ちた。

「落ちちゃったよ、白」

読まなければいいのに、月子はこの雑誌を定期購読している。

せっかく必死で、うつくしいこと、やさしいこと、楽しいことで、視界を埋め尽くしてきたのに。

頬杖をついて、月子は目を閉じた白の背中を撫でた。

誰の視界の外にも、まだ見えていない世界は広がっている。

「見なくてもいいのに」

何故見てしまうのか、理由は自分でもわからない。

●赤毛じゃないアンと安上がりな魔女とただの女と　その2●

夜の常連客で「朝昼夜」が埋まってきた頃、すっきりしたいい白ワインの封を月子が開けたにもかかわらず、紫陽花《あじさい》色の薄手のニットで髪を上げている花は呆れていた。
アルコール用のワンプレートはまた鴨で、もも肉をローストにして柚子《ゆず》胡椒を添えて厚く切り分けている。

「呆れた」

「鴨のローストおいしくない？」

「鴨はすっごくおいしいわ。新鮮だとこんなに違うものなのね」

一人掛けのテーブルに四人と、窓のカウンターに一人客がいた。

窓辺《まどべ》の指がきれいな人は、今日も絶対に家にあるはずと月子に思わせるイーユン・リーを捲《めく》って白ワインを呑んでいる。きっといつも仕事帰りだ。

月子がワンプレートワンドリンクを出し終えたので、花は話し始めたようだった。

今日も珈琲のお客には甘夏のパウンドケーキだ。もちろん花が焼いた。

「鴨じゃなきゃなに」

もしかしたら分厚いガラスの小瓶に飾った昼顔の蔓《つる》が気取りすぎているのかもしれない

と、実は朝から月子は気にしていた。花はなく、蔓だけを挿してみたのだ。

「あんな雑誌から借りてきたみたいなことといって。『あの』、『なんでもない』。月子、自分はそんなことといったことある？」

花が呆れているのは昼顔ではなかった。

「いわないよ。私だって恥ずかしいと思ってたんだから突っ込まないで」

昨日に引き続き月子と花の会話は、やわらかさを失って刺々《とげとげ》しいままとなった。

ただ、長く友達をやっていれば、こんなことは今までにも幾度かはあった。

「あのさ、お花」

引っ越すなら何故その話をちゃんとしてくれないのかと、喉元まで出かかった言葉を月子は呑み込む。花は実家は出ていても子どもの頃からずっと西荻窪に住んでいるので、本当に引っ越すならそれは大きな出来事だ。

「なによ」

「なんでもない」

大きな出来事をするのなら、それは問い詰めなくても花から月子にちゃんと話してほしい。

「ちょっと、実践《じっせん》？」

「え？　違うよ。あ、そっかでも会話続くじゃないこれ……。うーんと、ご両親元気？」

西荻窪にある実家を出てはいるものの、両親とうまくいかなくなったのかもしれないと、それとなく月子は訊いた。

「月子のご両親は？」

「うちは……たまに顔見るけど。特に変わらず」

月子が仕事を辞めて叔母に生前贈与されたこの古い家に住み始めてから、少なくとも母親はきっと出来得る限り最良の距離感で気遣ってくれている。

目を放しすぎないように、安易に触らないように。

そして手続きだけがしっかりしている叔母は、相変わらず顔も見せない。

「この間鴨のレバームース届けた。父親の口には合わなかった」

「どうしてわかるの？」

「『また作ってくれ』がない」

「なるほどね」

父親という生きものらしい反応だと、花は笑った。

「質問返しですか」

「うちも相変わらずよ。いい両親。母親は今どきな感じで、娘もいいわねって。春先には一緒に買い物に行ったわ。春物のニット選んであげた」

月子も花の両親とは面識があって、その母娘《おやこ》の睦《むつ》まじい様子は目に浮かんでホッとする。

「父は相変わらず。相変わらず、あたしの核には触れない。当たらず触らず。かわいそうだなって、思っちゃう」

「思うなよ」

「だってうちの父親、すごくがんばってる」

反射で反応してしまった月子に、花は「違う」と首を振った。

「そっか」

「いい父親よ」

「うん」

あまりいえることがなくて、言葉少なになる。

かわいそうだと思うなと反射でいってしまったのは、花を貶《おとし》められた気がしたからだ。けれど、花のことも花と父親のことももとても繊細なことで、安易に多くの言葉で触れられはしない。

「そういえば昨日、アンとギルバートがキスしてさ」

「『アンの愛情』のラストね」

不意に話を変えた月子に、花は「何故」ともいわなかった。

「うん。なんか、段々釈然としなくなってきた」

「まあ、これからよ」

「そうなの？」

「ネタバレはやめておくわ。複雑だと思うのよね、書いてるモンゴメリのことを先に調べた方がいいかも」

花にいわれるまでもなく、普段ならしないことだが完読する前に月子は作者のモンゴメリについての研究書に手を出してしまっていた。

何か呑み込めなさを感じて、いつの間にかアンの世界が不安な色になっている。それは花のいうように、モンゴメリの背景を知ることで、不安な色から切ない色へと変わっていた。

「今読んでる月子には申し訳ないけど、あたし『赤毛のアン』だけは純粋に楽しめる年ごろがある気がするわ」

「うーん。本に読むべき年ごろなんかないって反論したいけど……」

保守的な封建主義の時代を生きたモンゴメリの人生を辿ってしまうと、利発で学ぶことが大好きなアンが家に入っていく不思議を重ね合わせてしまう。もちろん時代と土地の在り方と、作者の在り方を更に重ねて。

「あたしは子どもの頃に読んで、楽しかったけど。それでもアンの幸せが女の子の幸せなら」

いいかけて、花が言葉を途切れさせる。

「こんばんは、月子さん。お花さん」

ドアベルがカランと鳴って、いいタイミングで杏が入ってきてくれた。

まっすぐカウンターにきて、花の左隣に座る。

「昨日買えなかった回数券、買います」

カラフルなシャツで杏は、月子に願い出る。

「効果あったの？　月子のアドバイス」

意外そうに花は、隣の杏に尋ねた。

「いってみました。勇気を出して、『あの』。彼が『何……』っていいました！　すごいです」

「たいていの人はいうよ……『何』って。それで、『なんでもない』のあとは？」

「『そう』って」

俯いた杏に、月子も花も合わせて俯く。

「でも、『気まぐれな女』を弾き始めました。ここのところコンクールのための難しい協奏曲ばっかりで、たまに『G線上のアリア』を弾いてくれる感じだったので！」

なので、会話の代わりの「気まぐれな女」だということなのかと理解して、月子は罪悪感とともに珈琲をいれるためのケトルを火にかけた。

「そこは会話になってるかもしれないわね、本当に。だけどそれで『気まぐれな女』って、あんまりじゃない？」

慰めるように花が、杏にやさしい吐息を聞かせる。

「あんまりじゃないです。選曲合ってます……だって、私本当に『あの』の続き『なんでもない』だったので」

「それ、私が悪いよね……適当なこといってごめん」

軽々しくそんなことを教えた自分に深く反省して、思わず月子は頭を下げて謝った。

「だけど反応はあったから、一人で悩むより相談したいです」

「あなた昨日より元気ないよ。この魔女は合ってないのでは」

「駅前にたまに本物の占い師現れるわよ」

回数券を売ることを躊躇《ためら》う月子に、花も同意だ。

「お二人に、相談したいんです」

元気はないのにそう重ねる杏に、月子と花は顔を見合わせた。

「どうして？」

とりあえず杏の服に合わせた七色の分厚いガラスのグラスに冷たい水を注いで、月子がカウンターに置く。

「そんなにたくさんじゃないけど、友達はいるんですが」

水を受け取って、勢いはないまま杏は話し始めた。

「恋愛の相談、したことなくて。昨日、お二人に話せただけでなんだか嬉しかったんです。彼がバイオリンで私に語りかけてくれてるって、自分でも妄想かなって思うし」

そこを同い年の女友達に話せていないのなら、杏は月子が思ったよりも理性がある。

「申し訳ないけど私も半信半疑ではある。仮に彼が、あなたにバイオリンで恋の言葉を伝えてたとして。伝えてたとして、ね？」

「はい！」

そこは決めつけられないが、だとしたらの疑問が月子にはあった。

バイオリンで愛を語らっているという前提で誰かと話せるだけで、杏は本当に嬉しそうだ。

「三年それ続けるってちょっと……気が長すぎるよね」

いくらなんでも根気がよすぎないかと、月子が投げかける。

「それは確かに……」

「でも杏さんだって、告白しないで三年彼が好きなんでしょ？」

杏の表情が沈んでしまうのに、花は「アーティスト同士ならなんだってあり得る」と本音にも聞こえることをいった。

「好きです」

「お互い同じだといいわね。あたしは別の疑問があるんだけど。彼、大学院生の才能あるバイオリニストなのよね？」

「はい。すごいです！　弦の響きが本当にきれいなんです……あ、『気まぐれな女』のあとは難しい協奏曲弾いてました」

「取り壊し予定の美大の旧校舎って、あたしもなんとなく想像がつくわ」

その音色を心から好きなのだろう杏には、花も月子もつい笑顔になる。

「ボロボロです」

「そうよね。音の響きとか、気にならないものなの？」

「そもそも出会ったときに外でバイオリン弾いてるバイオリニストだよ。空まで響く」

月子は音楽家を好きになったこともあったが、彼らの行動にはあまり多くの疑問を持たなかった。持たなかった結果、あまりにも多くの痛い思いをしたのだが。

「茶化さないの」

「それ、私も気になって尋ねたことあります。ここでいいの？　って」

花が月子を叱るのに重なって、杏は呟いた。

「どんな場所でもきれいな音を響かせたいから、敢えて音校やスタジオじゃないところで弾きたいけどそんなに機会がないからって、いってました」

「週三でアトリエに今もきてるのよね」

「と、いうことはもしかしたら」

コンクールも近い大学院生としてはあまりにも不自然な行いに思えた。月子と花は、バイオリン青年は杏に会いにきていると考えるのが普通では、と思い至る。

「でも私のことなんか、全然見てないです……」

その期待はきっと杏も持っている。持っているけれど言葉がないので、三年も好きなまま進展なく一緒にいるのだろう。

「絵に集中してるときは、あなたも彼を見ていないんじゃない？」

それでは永遠にお互いの思いが嚙《か》み合わないと、月子はいいたかった。

「何も、なんにもわからないです」

核心に触れるのは怖いのか、杏が進展を求めず投げ出してしまう。

「なんにもわからないのに、好きなの？」

珈琲と、昨日と同じ甘夏のパウンドケーキを月子は杏の前に置いた。

「月子さん、珈琲好きなのに理由ありますか？」

「珈琲と一緒にされるとにわかに説得力なくなる」

バイオリン青年と濃い目の珈琲は話がまったく違うだろうと、月子の口からつまらない正論が出る。

「逆に聞きたいです。月子さんが恋に落ちる理由ってどんなことですか？　今まで人を好きになったときに、説明できるような理由ってありました？」

「あったよ。私はいつも」

少し威張り気味で、堂々と月子はいった。

「理由って、よくわからないです。教えてください。月子さんの理由」

「歴史が紐《ひも》解かれてしまうわ……暗黒の絵巻物が」

尋ねた杏の隣で、花がこめかみを押さえる。

「才能に恋するのよ、月子。そこは杏さんと同じなんじゃない？」

「余計に聞きたいです！」

杏が期待を高めるのに、花はいらないことをいってしまったと後悔を露《あらわ》に白ワインを呑んだ。

「二十歳《はたち》くらいのときに、大学の先輩で運命の人だって思ったのは人文学部の人で。あ、今博士号取ってたまにテレビ出てるよ」

「すごい。なんの博士ですか？」

「西洋哲学。やっと巡り合えたと思ったっけ。そのときは」

あまり縁のない言葉を聞いて、杏の目が若干の不安に曇《くも》る。

「前世の運命の巡り合いとかですか？」

「違うよ。私は国文だったんだけど、一時期西洋哲学に嵌《は》まっちゃって。哲学って理数脳がいるんだよね。何度も同じページ見返して理解できなくて、私馬鹿なのかなって落ち込んでたら、同期にその人紹介されたの」

　別れてしまった男だが、出会いの回顧とともに月子は当時の気持ちをわずかにだが思い出した。

「そんな借り物の内省、理解する必要、君にある？　って、いってくれてね」

　長い沈黙が、カウンターの上に流れる。

「……え？　お話そこで終わりですか？　ごめんなさい、今恋に落ちた理由の話どこかにありました？」

　本気でわからないと、杏は申し訳なさそうに月子に尋ねた。

「まあ、人はほら。いろいろだから。いろいろいろいろ。月子はちょっと、こう。趣味がニッチなのよね」

「私が好きになる男は、いつでもモテないという偉大な長所を持っている」

　何故だろうと呟く月子は、その理由については未だに納得してしない。

「まあ最初っからそのように上からだったんで、最後まで上からで割とすぐ別れたけどね」

「もう少しわかりやすいのお願いします……才能も、アーティスト方面ないですか？」

「役者とつきあったことあるわよ、月子。芸能人」

「そういうの聞きたいです」

　身を乗り出して杏は、次の恋の話に期待した。

「そういえばあの元カレも時々テレビに出てる。私の恋の歴史煌《きら》びやかだなー」

「華やかですね。逃がした魚は大きい感じですか？」

「ちょっと何が煌びやかよ。西洋哲学には論理があったけど、俳優は論理のない感情だけのモラハラ男だったわよ。ダメダメ」

ハードルを上げてしまった花がまた反省と後悔をして、きちんと記憶にある月子の元恋人に首を振る。

「モラハラ男なのに好きになったんですか」

「私のことなんてあんまり眼中になかった気がする、最初。だから気づかなかったと言い訳しておく。私出版社にいて、本の紹介番組のナレーションをその人がすることになって仕事で知り合ったんだけど」

出会いは地味だったと思い出して、煌びやかではないことに自《みず》ら納得して頷いた。

「すごいなって思ってね。本しっかり読み込んでくれてるって感動しちゃってさ。その感動を思うままに伝えたら、自分を理解してくれて嬉しいっていわれてつきあいが始まって」

「まともな恋の始まりな気がしますが」

その男がモラハラを？　と、杏が首を傾《かし》げる。

「強情で、思ったことそのままいうから二年も仕事干されてたんだって聞いて」

「性格がとっても悪かったのよ」

体裁を整えた月子に、花はありのままを述べた。

「俺に仕事回さない事務所に毎日通って、事務所にある台本事務所が閉まる時間まで読み続けて。技量磨いて、それで今の自分があるっていわれてね」

そこで月子が話を終えたことに杏は気づかず、また長すぎる静寂が流れる。

「え？　ごめんなさい、恋に落ちた理由どこですか？　私聞き逃しました？」

「根性あるな、かっこいい、好きって、思ったんだけど。……まあ結局、私にもいってはならぬことをいいたい放題いう男で別れた。誰にでもいうんだから、平等に嫌な奴ではあったよ。公平な人間だった」

「ちょっと待ってくださいよ駅のコンビニの恋の魔女さん！」

思わず大きくなった声に、杏が両手で自分の口を塞ぐ。

「コンビニの魔女でも恋の魔女でもないよ」

後ろを振り返って他のお客に頭を下げている杏に、月子は駅の方角を振り返った。

「コンビニより恋が重要です。恋に落ちるときって、この人好き、いい匂い、好き！　とかそんな感じじゃないんですか？　雷に打たれるみたいな、鐘が鳴り響くみたいな。それにどの理由も意味がよく……いえそれは、そうですね好みの問題ですけど」

「偉いわ杏さん。学びが早い。そうよ、男の好みもダイバーシティよ」

投げやりに花が、月子の暗黒の恋の歴史に便利な言葉を括《くく》りつける。

「月子さん本当に恋の魔女?」

「最初から違うっていってるじゃないか」

「ならどうして駅のコンビニで噂になってるんでしょう」

魔女への道を間違えたと杏が気づいて、ただ不思議そうに首を傾げた。

「私がもし、何かの魔女なら」

噂になった発端は、素直な杏の前では月子には最早どうでもいいように思える。

「たくさんたくさん転んだ魔女だよ。痛い痛い魔女。なので、女の子があんまり酷く転ばないといいなと思っている。女の子たちが痛い思いしないといいなって願ってる。そんな魔女です」

たくさんの色の入った服を着て明るい色の髪をした大きな瞳の杏は、向き合っている月子の言葉も素直にさせた。

「……今も、痛い魔女さんなんですか? だったら私、こんな浮かれた自分の話たくさん聞いてもらうの申し訳ないです」

「『赤毛のアン』、あたしも久しぶりに読みたくなっちゃった」

スッと、花はカウンター席からきれいに立ち上がる。フラットに見える靴の踵《かかと》は三センチのヒールで、長い足がよりきれいに映えた。

「浮かれた話かな? 楽しい話ではあるよ」

月子はまっすぐ貸し本の本棚に静かに歩いていく花を見送って、そういった。

「今は痛くない。とても、いい人と出会えた」

「おつきあい、なさってるんですか？」

「二階で一緒に住んでる」

そっと、月子が上を指さす。大きな幸いと錯覚と寂しさが同時に押し寄せて、一つのやさしい色になった。

「最後の恋だと思う」

杏の素直さにつられて初めて言葉にしたら、何故だか月子はとても楽になった。

最後の恋だけは、嘘のない言葉だ。

きれいな花の背中を、ふと月子が見つめる。掃除が行き届いた「朝昼夜」の隅《すみ》には、芽吹いたドウダンツツジの大ぶりの枝がガラスの花瓶に挿してある。

うつくしいこと、やさしいこと、楽しいことでこの店は埋め尽くしてあって、その中には最初からたくさんの嘘が混ざっていた。

「よかった。好きになった理由、訊いてもいいですか？」

尋ねる杏には、月子が並べたそれらのものは必要がないように見える。

「山の中の、あんまり人が見ない花を写真に撮ってる人」

髪も服もカバンもカラフルで、最初は幼く見えた杏はもしかしたら、女の子の大変さを抱えていないのかもしれない。

「出版社にいるとき仕事で知り合って、本物を見てみたいっていったら私にも登れる山に連れていってくれて、白い花を見たの」

静かに、月子は彼のことを語った。

白いユキワリイチゲは、写真で見た花と同じだった。彼がどれだけ誠実に花を写しているのかも知った。

「私にも登れる山だなんて何で判断したんだろ？　結構登ったし、渓流のそばでね。しかも朝一の新幹線に乗って、すごい強行軍で私疲れて怒っちゃって無言だったんだけど」

白い花の前に辿り着いたとき、ただ嬉しくて、無言の意味が変わった。

「随分長い時間、その花を見てたと思う。気が済んだって思った瞬間に、彼が『もういこうか』っていって。それで、同じ時間を生きてる気がしたんだ」

あの山なら登れるとわかるくらい、自分を見て知っていてくれた。その白い花を見るために体を使うことを厭《いと》わないとわかっていてくれた。花を見た瞬間に月子の心をきれいな水が満ちるようになることを、彼は知っていた。それほど白い花はきれいだった。

彼はわかってくれていた。月子は彼がわかってくれていることをわかっていた。

それは、本当だろうか。

「……素敵です。それは、確かに最後の恋かもしれませんね」

月子の腹の底が怖いほど冷やりとした瞬間、やわらかな声で杏があたためてくれた。最後の恋なのは嘘ではないのだから。

「うん」

だとしたらいまの自分は充分幸せに思えて、月子は杏に頷いた。

とん、と天井から小さな音が聴こえる。

「猫がいるんですね」

上を見上げて、杏はいった。

「実家が二階建てで、猫がいたんです」

だから猫だとわかったと、想像をたくさん巡らせるはずの杏は音の主を突き止める。

一瞬息がとまったまま、月子はまた「とん」と響いた音を聴いた。

赤い背表紙の『赤毛のアン』を抱えて、花がカウンターに戻って席に座る。

「お花さん、いま月子さんの」

「あたしは月子と杏さんの中間かな」

いい話が聞けたと報告しようとした杏に、花は普段ならしない人の話を遮ることをして違うことを語り始めた。

「インスピレーションから始まって、理由っていうか、そのインスピレーション合ってたかなっていろいろ話して。うん大丈夫そうって確認してからつきあう感じ」

手にした『赤毛のアン』をプレートからは少し遠くに置いて、さっきの続きに花が参加する。

「お花」

「お花さん」

きれいな髪を指先に絡めた花に、月子と杏が呆然と呼びかけた。

「それ最初にいってよ」

「そうですよ」

その話はしっかり聞いておきたかったと、特に月子が恨みがましくいう。

「あたしはすごく慎重なの。大きく傷つきたくないの。一度体も女だと思い込んでいいよってきた男に、この世が終わるようなことといわれたんだから。あのとき一回あたし世界が終わったわ」

「あれ？」

大きなため息を吐いた花を、目を見開いて杏は見つめ直した。

どうやら杏は、花の心と体の性が離れていることにたった今気づいたようだ。

「あ、お花さん。ごめんなさい、私気づかなかった！　すっごくきれいないい匂いのする大人の女の人だって思い込んでました……でもそれはなんにも勘違いじゃないですね」

「お礼をいっておくわ。ありがとう」

きれいな言葉をくれた杏に、花が微笑む。

「そっか。酷いことといわれたんですね。酷い」

そして杏は、想像したくない言葉にとても怒ってくれた。

「月子が殴ってくれたわ。人が殴られるのを生まれて初めて目の前で見たわ。見たことある？　杏さん」

「ないです……」

殴るというのは大袈裟《おおげさ》な話ではないのかと、更に杏が目を大きくしてカウンターの中の月子を見上げる。

「私、自分を完全無欠の非暴力主義者だと思い込んでたんだけど、あのときは理性が発動する前に手が出てしまい……人生で最初で最後の暴力だと思いたい」

「私でも殴りますよ。何か考える前に殴りますそれは」

力強く杏は、暴力などまったく似合わなさそうな拳《こぶし》を握りしめた。

「月子が殴ってくれて、それでちゃんと誠実に謝ってきたわ。世界を終わらせた男。極悪人じゃあなかったの。彼はびっくりしただけ」

やさしくてきれいな花は、極悪人でもない、なんならいい人ともいえるような男にさえ傷つけられてしまうのだと知って、杏が不意に肩を落とす。

「どうしよう」

そして傷つけた男のことさえも花がどういう人物なのかきちんと語ったことが、杏に焦《しょう》燥《そう》を与えていた。

「私、彼がどんな人なのか全然わからない」

その台詞は、月子と花は「エンドウ豆の上のお姫様」からも聞いていた。

「そんなにわからないのに好きなの？」

この質問は何度目だろうと思いながら、それでももう確認のように月子が杏に尋ねる。

繰り返し尋ねるうちに、段々と、自分に還《かえ》ってくる言葉に育っていた。

「大好きです」

「大好きな人に巡り合えたなら、時間もったいなくない？　無限じゃないよ。告白、してみたら」

最初に杏と話したときとは違う、責任重大な投げかけを月子がする。

杏がひたむきなまっすぐな恋をしていることは、よくわかった。それなら月子に伝えられるのは、時は無限ではないということだけだ。

「それができたら三万円払わないですよ」

「払ってないじゃない。普通のお客さんだよ、もう」

ここは静かに本気で読書をするブックカフェなので、本当は花以外の常連と月子はこんなには話さない。

「三年も、同じ空間に週に三日も一緒にいる。それってゼロか百だとあたしは思うわ」

月子にわずかに加担する風情を、花は見せた。

「二人ともお互いに片思い。または杏さんだけ片思い。その時間を終わらせないっていうのも、素敵だとは思うけど」

告白しないこともありだと、花が杏に告げる。

手元のパウンドケーキを食べきって、白いプレートに残した乾燥した輪切りの甘夏を杏はじっと見つめていた。

「彼も、私を好きでいてくれるのか。両想いなのか、知りたいです」

思い切るように、杏が透明なオレンジ色の甘夏を口に入れる。

「なら作戦を立てましょ」

「そうだそうだ」

女三人で声を潜めて、バイオリン青年の気持ちを探る方法を考え始めた。

真っ当な、けれど脈がなかったときにスッと引けるような駆け引きは、月子より花の方が圧倒的に経験値が高い。

「そんなことできない」、「そんなの無理」と心細い声を漏らす杏に、花と、なんとか月子も、いくつかの方法を提案した。

「がんばってみます！」

お会計をして、意を決して杏が立ち上がる。

「無理しないでね」

少しはっきりした声で、花は伝えた。

「そうだよ。彼の前では自分の気持ちにだけ従って」

「はい」

頭を下げて、杏は店を出ていった。

そのひたむきな素直さがあれば、きっと思いは伝わる。はずなのに三年間一歩も踏み出していないのは、もしかしたらゼロの方である可能性も否めない。

「どっちなのかしらねえ」

ふと花が独り言《ご》ちるのに、今同じことを考えていたと月子は知った。

「お花」

同じことを考えていたのは、月子には嬉しい。

「何？」

「私が殴った男、ふってよかったの？」

なんとなく花と嚙み合わない最近だけれど、掛け違えが直った気がして月子はさっき気になったことを訊いた。

「当たり前じゃない？　どうしてそんなこと今更いうのよ」

「あとで、土下座しにきたじゃない。君が男でも女でも、俺は君がいいって。よく考えたらあいつ、ちゃんとしたやつだったんじゃない？　私悪いことしたな」

花がいう通り、花に酷い言葉をいった男は驚いただけだった。驚いただけの男を月子は反射で殴ってしまった。

今度は花が、さっきの杏より長く無言になる。

「二十歳くらいのときの話よ。干支《えと》もそこから二周目に入ったわ」

「久しぶりにちゃんと思い出したから、なんだか」

自分の憤《いきどお》りに任せてその男を殴ったのは花に悪かったと、本当に月子は思った。

「あたしは、あのときのことちゃんと覚えてる」

不意に、花の瞳が静かになった。

手元に置いていた『赤毛のアン』を花が読み始めたので、この話はここで終わりなのだと月子はわかった。

もしかしたら女友達でいた長い時間の中で、自分は花に多くの取り返しのつかないことをしてきたのかもしれないと、月子は不安になった。

花はずっときれいだった。ずっとやさしく、やわらかく、人を殴るどころか強く当たるところを月子は見たことがない。

たくさんの心なさに耐えることで忙しくて、花は自分を傷つけた男を殴りも詰《なじ》りもしなかった。

月子は許せなかった。けれど殴ったときは反射だった。

花は耐えてきたことなのに、自分の行いは二十歳にしては幼なすぎたと、月子は今になって思い知った。

●二階の山男●

遅い夕飯に、ロゼ色の鴨の胸肉を、よく炙《あぶ》って柚子胡椒を添えた。

「俺ビール」

「梅雨《つゆ》っぽくなってきたしね」

彼が缶ビールを開けるのに、暑くても寒くても湿ってもビールだと月子は笑った。

「お花とぎくしゃくしてる……気がする」

添えたペコロスは実りたての小さな胡瓜《きゅうり》と一緒にピクルスにしていて、炙った鴨から溢《あふ》れ出る透明な脂をスッキリさせてくれる。

「どうして?」

「どうしてだったかな?　ええと……」

掛け違えのようにギクシャクが止まらなくなった始まりを、月子は若干見失っていた。

「あ、だからお花が突然引っ越すかもしれないっていって。今日もそれ訊きたかったけど、話してくんなかった」

酷いよ、とぼやいて月子が、店で残ったすっきりしているけれど濃い目の白ワインを自分の器《うつわ》に注ぐ。

「ホントに珍しいな。お花さんとギクシャクか」

「珍しいけど、何度もあったかも。こんなこと。だって中学からだから、二十年超えてるか。つきあい」

指を折って年月を数えて、その長い時間の中にいくつかはあったギクシャクを、けれど月子はちゃんとは思い出せなかった。

自分は思い出せないけれど、花は覚えているかもしれない。だとしたら忘れている自分が酷い。

「すごいな。二十年以上友達って」

落ち込んだ月子を慰める声を、彼はくれた。

いつでも彼は、月子の欲しい声をくれる。

「そうだね。気づいたらって感じだけど」

「ギクシャクすると長いのか？」

「緩やかに長いかな……お花はそんなにつんけんしないから、ちょっと掛け違えてるみたいな時間が長く続いて。私がイライラする。イライラはするけどザワザワはしない」

言葉に「イライラ」と出して、花の方ではどうなのだろうと不安になった。

今日、二十歳の頃花を傷つけた男の話になったとき、花は感情の読み取れない硬い顔をしていた気がする。二十歳の当時、月子は自分の感情のままをその男にぶつけた。

花自身の本心は、実際どうだったのだろう。

「どう違うんだ？　イライラ orザワザワ。俺には違いがわからない」

二十年以上紡《つむ》いできた花との時間。自分の感情ははっきり覚えているのに、そのとき花がどう思っていたのかなど自分にはわかるはずもないと月子は今気づいた。

たった今だ。

「イライラは、苛立ち、怒り」

花はいつも静かで、激高したところなど見たことがない。

「ザワザワは？」

「疑ったり、不安になったり、かな」

ザワザワしないとたった今彼にいったのに、月子は胸がザワザワし始めた。

けれどきっとこのザワザワは、もう少し落ちつけばちゃんと花に尋ねられるザワザワだ。

もしかしたら明日にでも、花には会える。尋ねることも謝ることもできるはずだ。

「似てる気がするけどな」

ザワザワに囚《とら》われてる月子の気持ちを見極め兼ねるように、彼が小さく息を吐く。

「怒りは、その続きをどうするのか自分で決められる」

似てるといわれたので、どう違うのか月子はちゃんと考えてみた。

「こう、振り上げた拳で本当に殴るのか、殴らずに下ろすのか。下ろして謝るのか、立ち去るのか。自分で続きを決められる」

イライラとはそういう自分で始末できるものだと、ふと思う。

「疑っただけなら、相手に訊けるかもしれないけど」

不意に湧いた花へのザワザワは、まだ訊ける、ザワ、くらいのものかもしれない。

「不安まで行くと、その先は」

ただ不安を抱えて相手に問うこともできなければ、それはもう自分でどうにかすることはできない。

答えを待つしかない。または、不安とともに生きる。または不安を抱いて息をする。

「不安なまま。自分ではどうすることもできない」

「月子、そんなこと考える人だった？　随分ネガティブだな」

困ったように、何処か悲しそうに、彼はいった。

「今、初めてちゃんと考えた」

「なんで」

「あなたに訊かれたから。イライラとザワザワの違い。自分で決められること、どうすることもできないこと。あ、でも」

俯きそうになって月子が、杏との会話を思い出して顔を上げる。

「でも今日、自分でちゃんと決めた」

ザワザワはとっくに、凍らせている。けれど月子は今日、自分の意思で不安と嘘にピリオドをつけた。

「なんの話」

「あなたのこと、最後の恋だって話しちゃった。赤毛じゃない杏さんに」

最後の恋だ。この恋で恋は終わり。終わりならもう不安を呼ぶことはない。

「山に連れていってくれて、ユキワリイチゲを見たときのこと話した」

きれいだったねと、ユキワリイチゲを昨日見たように月子は思い出した。

長い時間だったか、それほどの時間でもなかったのかはもうわからない。ただ、白いきれいな花を見て満ちるまでの時間が、月子と彼は同じだった。

「同じ時間が流れてる人となんて、もう、出会えないから。最後の恋」

惚気のような、告白と同じ言葉だ。

恋人と食事をしながら過ごす、愛情に溢れたやさしい時のはずだ。

「どうして、悲しそうな顔をするの？」

なのに随分遠ざかって見える彼が、泣いてしまいそうにさえ見える。

「喜んでよ」

嬉しいといわれることを、告げたはずだ。

なのに彼は無言のまま、悲しそうに月子を見つめている。

たくさん転んで、たくさん痛い思いをして、そして月子はやっと理想の相手と出会えた。彼と語り続ける。そうして幸せに生きていく。

なのに最近会話が少なくなっている。彼の言葉が、減っている。

「もう読まないのか?」

ふと本の方のアンのことを、彼は訊いた。

「アンが家庭を持って、なんだかどんどん不安になる」

「それはどういう……」

意味がわからず、彼が首を傾ける。

「百年以上前に書かれた話で、婦人参政権も多分ない時代だから。しょうがないんだけど。でも」

家庭を持つというより、理想の家にアンは入っていくように月子には見えた。夢の家を持ったけれど、主であることをあきらめていく。

信頼する自分の主であることを。

「アンが、自分の価値を信じられてないように思えてきちゃった。モンゴメリは大変だったみたいだよ、執筆も家庭も」

　研究書はたくさん出ていて、『赤毛のアン』を読み進めながらその中の一冊を捲ったら暗い思いがした。

　現実もちゃんと描かれていると、エンドウ豆の上に寝たお姫様も花もいっていた。見え隠れする暗さごと、二人はアンを好きだといったのかもしれない。

　ずっと一緒にいるのに簡単には助けられない友人を、心配しながら愛するように。

「私は結婚はいいや。それが『赤毛のアン』の感想かな」

　花は月子を、どんな風に辛く見つめているのだろう。三年前から。

「もともとあんまり考えたことない」

〝辛く〟と無意識に考えた自分に、月子はため息を吐いた。

　彼は悲しそうだ。最後の恋と月子が教えたときから、ずっと悲しそうな目をしている。

「やだなあ」

　笑おうとした声が、掠《かす》れた。

「私、あなたのことちゃんと理解してるんだな」

　心地よい、何も不満のない、満ちるだけの時間を今、月子は毎夜二階で過ごしている。

　そう、信じようとしている。

「ああ、そうだよ」

遠くに見えた彼の声が、はっきりと聴こえた。

「月子は俺を、ちゃんと知ってる」

初めて人を愛したときのように胸が痛む。

その痛みは幸いなのか、それとも悲しみなのか。

まるで知らない人のように、いつまでも多くの人に咎《とが》められる、道に迷った山男。

その山男を月子はまったく知らないのに、彼のことは知っている。

いや、そんなにやさしい人だっただろうか。帰らないのが彼の当たり前なのに。

花にちゃんと尋ねてみたら、きっと答えてくれる気がする。

「私の麗しのダイアナに尋ねたら、もしかすると最後の恋が」

終わってしまうかもしれないから、月子は花に尋ねない。

友達は時々、本当のことをいう。

●赤毛じゃないアンと安上がりな魔女とただの女と　その3●

律儀に六月を待って、東京は梅雨に入った。

「湿気ってどうやっても髪が決まらない。いやね」

ブックカフェ「朝昼夜」の夜のカウンターで、無造作にゆるくまとめた髪で鮮やかなミントブルーのシャツを着た花がぼやく。

「どうやっても決まってるよ、きれい。ここらへんで一旦鴨はラスト。鴨から出たオイルでコンフィにして、カブのマリネを添えました」

白い皿にはなんでも合うが、肉に添えたカブの強い緑の葉がきれいだ。

今夜の店内は四人の常連客が敢えて距離を取り合って、翻訳小説に没頭している。みんなきっと、本を読んでいるときの自分の領土が広いのだろう。

一人その領土から、きれいな指の人が不意に月子を振り返って目が合った。

また手元に、きっと何度も読んでいるイー・ユン・リーを開いている。随分長いことその人は同じ席に座っているけれど、目が合ったのは初めてかもしれない。

何処かで会ったような既視感《きしかん》が、月子の胸をよぎっていった。

ザワザワと、既視感が不安を呼ぶ。もう本を読んでいるその人が家に同じ本を持っているように見えるのは、何処か自分と似て見えるからだと気づく。

何故なのだろう。

「おいしそう。でももうここまでくるとビストロじゃない?」

親友の、花の声で月子は、得体の知れないザワザワから還ることができた。

「農場に鴨肉注文したの初めてだったから、量が読めなくてさ。それにサービスもしてくれてね。コンフィにしたオイルとか。あんまり長く冷凍すると味落ちちゃうし。あの手この手で鴨フェアをやり切ったら、ブックカフェの域は確かに出てしまった」

それでも読書をしながら食べられるようにコンフィは一口サイズに切って、カブのマリネも食べやすいように山の形に盛り付けている。

「うーん。梅雨だし、これはさっぱりとビールでお願い」

「ほいきた」

店で出しているビールは、福生《ふっさ》の日本酒蔵で造られているピルスナーの小瓶だ。こればかりは少し薄いピルスナーグラスを慎重に出して、思い思いに注いでもらっていた。

「いただきます。これはいつもの値段なの？　コンフィ」

三度にわけて、花は細やかな厚い泡を作り上げる。

「よく見て、量が少ない」

「本当だ。……月子、しっかりしたわねえ」

ため息のように、花はいった。

褒めてもらったはずなのに、その言葉に月子は何か寂しさを感じる。

一人で店を始めたものの、できないことが月子にはたくさんあった。それを花は心配して、こうしてよく顔を出してくれている。

だから西荻窪に残ってくれたのだといつからか思っていたけれど、「しっかりした」という言葉は心配を手放す支度のように聴こえた。

なのにまだ、花はパウンドケーキのレシピを書かない。催促する気には月子はなれなかった。

親友となんだか嚙み合わない。

「こんばんは」

少し久しぶりに杏が鳴らすドアベルの音は、勢いがあって小気味よくすぐにわかった。

「いらっしゃいませ」

カウンターにやってきた杏の明るさにホッとして、月子は笑った。

「こんばんは、ちょっと久しぶりね」

左隣に座った杏に、花も同じような表情で微笑む。

「こんばんは、お花さん。あんまりお金がなくて。最初に三万円使ってたらどうなってたんだろ、私。ワンプレートワンドリンクは珈琲でお願いします」

今日の杏の長めのワンピースは、縦に淡いたくさんの色が滲《にじ》んだストライプだ。亜麻色の髪は一つに結い上げられて、湿った梅雨も吹き飛ぶ彩りだった。

「いい日にきた。今日から焼き菓子がガトーウィークエンドシトロンだよ。大好評」

「難しい名前。なんですか?」

手元を覗《のぞ》き込もうとする杏に笑って、パウンドケーキの一種であるガトーウィークエンドシトロンを月子が薄く二ピース切る。

「私がちょうど今飲もうとしたので、いれたての珈琲と一緒にすぐにお出しできます。えぇと、ガトーウィークエンドは、週末に丁寧に作るみたいな意味合いかな？　シトロンは柑橘《かんきつ》の名前だけど、レモンのアイシングです」

全体に波のようにほんのりとレモン色のようなアイシングがされたケーキは、バターもいつもと違っていて更にしっとりしていた。

「すごくきれい」

目の前に置かれた白いプレートの上の二ピースのケーキに、杏がうっとりと声を漏らす。

「そしてめちゃくちゃおいしいよ。放牧牛のバター使ってる。グラスフェッドバターって……」

いうんだって、とうっかりいいそうになって慌てて月子は口を噤んだ。

「いただきます。……おいしい……っ。レモンの風味が繊細！」

小声で叫ぶという器用なことをしながら、杏が惜しみながらケーキを食べている。

月子が口を噤んだのは、「朝昼夜」の焼き菓子を自分が作っている体《てい》になっていることをとうとう忘れかけたからだ。

開店のときに花が焼いてくれて大好評だったフィナンシェだって、本当は月子の手には負えない。それに花には本業のブックデザインの仕事もあるから、「なるべく簡単で素朴な焼き菓子。材料費をケチらないからその分おいしくしてほしい」とお願いしてある。

「おいしすぎだよね」

ブックデザイナーである花がアイシングまできれいに描いたガトーウィークエンドシトロンは、この先も月子には作れる代物《しろもの》ではなかった。

少し棘を持ってしまった言葉を聴いても、花はきれいな横顔のまま月子を見ない。

「その様子だと、作戦うまくいったの？」

代わりに花は、やさしく杏に尋ねた。

この間三人で、バイオリン青年の気持ちを聞き出す、または杏と彼がつきあい始めるための作戦を楽しく練った。

久しぶりに、月子と花は嚙み合わない長い時間を過ごしている。杏は、そこに訪れてくれた「アン」のように思えた。

「奥義、終電前の『もう一軒行かない？』を繰り出してみました」

もうケーキを食べ終えてしまった杏は、表情を曇らせてあたたかい珈琲を手に取る。カップにはオレンジ色の、やわらかなヒナゲシが描かれていた。

「どうしてよりによってそんなに高く跳んだの……それいったの月子よね」

それをいったらもう突然のゴールだといったのは確かに月子で、花が咎めてカウンターの中を見る。

「まさか繰り出すとは思わなくて……」

「月子さんのせいじゃないです。たまたま、初めてそういう状況になったんです。ファミレスでお茶してたら時間が遅くなって、もう終電だから出ようって彼がいったので」

その作戦を決行する状況がたまたま出来上がってしまったことは、丁寧に杏に語られたら月子も花もなるほどとなった。

「表情が結果を物語ってるけど、作戦決行の結末を、どうぞ」

慰める準備で、月子がケーキをもう一切れ切ろうと準備する。

「コンクールの課題曲のためのレッスン、明日の午前中に入ってるから帰るよって。子どもの頃からずっと一人のバイオリンの先生についてて、有名な方みたいです」

「断る理由が真っ当すぎて、バイオリン青年の気持ちがはっきりしない……」

ため息とともに杏が語るバイオリン青年の言葉は逃げられた言い訳だけとも思えず、月子はケーキを切るべきか否か悩んだ。

「コンクールって、どんなコンクール？」

ふと、花がバイオリン青年のバイオリンのことを杏に尋ねる。

「学内のコンクールなんです」

「先生がついてそんなに真剣に取り組むんだ？　意外」

学内と聞いて藝大に疎《うと》い月子は、ピンとこずに首を傾げた。

「学内のコンクールって大きいんです。奨学金に繋がるものもあるので、私もチャレンジしてます。彼はその学内コンクールのために大学院に残ったんです。学部生のときに、望んだ賞が取れなくて」

「そんなこともあるのね」

元美大生の花にも、学内コンクールのために大学院に進んだという話は意外なようだった。

「ウィーンに行けるんです、大学の後押しで。お金のこともあるのかもしれないけど、つきたい先生や入りたい楽団と繋がれる意味のある賞なんです」

ただ「学内のコンクール」と聴いたイメージとは内容が大分違って、それは大学院に進んででも賞を得たいのは月子にも理解できる。

音楽は月子は聴くだけだ。クラシックは好きだが、自分が聴くような音楽を奏でる人々がどうやってその場に辿り着くのかは知らない。そしてこうして知ってみると、ぼんやりと想像していたよりも現実的な努力の積み重ねだった。

「それって、彼が話してくれたってこと?」

なるほどと感心してから、杏の専攻は音楽ではなく美術だと思い出す。杏が日々油絵を描いていることは、鮮やかな色を纏う杏の姿を見ればすぐに連想できることだ。

「はい」

きょとんとして、杏が頷く。

「ちゃんと、バイオリン青年と話してるじゃない。しかも大切な話だよ、それ」

三年間同じアトリエにいて、ほとんど会話が成り立っていないという話ではなかったのかと、確認のように月子はいった。

「ホントね。それにもう一軒を断られたときだって、終電近くまでファミレスで話してたってことでしょ？」

花も、今までとは話が違うのではないかと杏に問いかける。

「あ」

二人にいわれて、杏もここのところバイオリン青年と以前よりはちゃんと話せていることに気づいたようだった。

「ホントだ！　え？　どうしてだろ。最近たくさん話してます」

自然と会話が増えたのか、杏は今初めて実感している。

「彼のバイオリンの話だけなの？」

コミュニケーションが成り立っているのかを、それとなく花が確認した。

「私のことも、訊いてくれます。最近は何描いてるのって」

「それを逆に今まで訊かなかったのか彼は……」

三年目にしては微妙な問いかけに思えて、無暗《むやみ》に浮かれるのも危ないと月子が軽くブレーキを踏む。

「絵や、音楽の話はかなりデリケートです」

控え目に、けれどきっぱりと杏はいった。

「私も、彼のバイオリンの音色のことほとんど言葉にしないです。私にはすごくきれいに聴こえても、彼自身が納得してないかもしれないと思うと怖いし」

「逆もあり得るってわけか」

「はい」

なるほどと月子は納得したけれど、だとしたらお互い一番大切な芯に三年間触れ合わずにきたのは、随分と思いやりを持ち合っている気もした。

「剝《む》き出しの根幹だね」

「なんですか?」

意味を杏に問われて、説明に月子が少し迷う。

「アーティストやクリエイターじゃなくたって、絶対触れられたくない魂《たましい》みたいなのはみんな持ってると思うんだ。大きさは違っても」

私も持ってますと、月子は右手を軽く上げた。

「アーティストはそれが剝き出しなんじゃないのかな。目に見えたり、耳に聴こえたり」

月子も持ってはいるけれど、そんなにわかりやすくは表には出ていない。

「そうかもねえ。あたしも恋人に自分の作品には触れられたくないかもしれない。彼は触れないでいてくれたのかもしれないわね」

デザインと絵を仕事にしている花が、月子の言葉に頷いた。

「そうかも……だってあのときも」

説明を聴いて、杏が彼との関係性に何か希望を見つけた目をする。

「学部を卒業するときに、一度だけ訊いてくれて。何を描いてるって」

語り出す杏のトーンから、もともとはいい思い出でないことだけはすぐに知れた。

「告白に近い気持ちで、思い切ってあなただよっていったんです。そしたら黙っちゃって、しばらく何も話してくれませんでした。いいたいことはあったけど、いわないでくれたのかな。私の魂に触れないように」

肩を落とした杏に、月子も花もいい話なのか悪い話なのか絶妙に微妙すぎて言葉が見つからない。

「照れたのかしら」

杏の言う通りそれは告白に近い言葉のはずで、彼が黙ったことへのポジティブな解釈は、花ががんばって捻《ひね》り出した「照れた」以外なかった。

「アトリエで、杏さんの絵見たりしないの？　見てわからないもんなのかな。自分の絵だって」

同じアトリエで、杏が絵を描いてバイオリン青年がバイオリンを奏でるという日々を送っているのではと、慰めの思いつかない月子はとりあえず状況を整理してみた。

「タブレットに、写真に撮ったその絵があるので見てもらってもいいですか？　彼の絵」

その思い出話の暗さとは別に、杏は彼を見てもらいたいという気持ちに瞳を明るくする。

「もちろん」

「見たいわ」

絵とはいえどんな青年なのだろうと、月子も、そして恐らく花も、タブレットが開かれるのを心待ちにした。

だが、時間をかけて開かれた絵の写真に、月子と花は何もいえずに押し黙る。

「タイトルは、『肥大する自我』です」

そのタイトルは、絵にはぴったりに思えた。

まさにデフォルメ化されたうつくしい大きなバイオリンの向こうに、いわれてみれば小指ほどの青年がちらと存在している。

主体はバイオリンを奏でるということなのだろう。

「うーん。タイトルも彼に教えたのかな？」

「そのときは私が卒業制作作用のデータを作ってて。そういえばこのタイトルを打ち込んだから、それで『何を描いてる』って訊かれた気がします」

流れを聴くと、バイオリン青年は日々杏が描いているバイオリンを見てはいて、そしてそのタイトルを見てまさかと思い堪えられずに尋ねた可能性も大きい。

「会ったこともない見たこともない彼の気持ちを、ようやく少し想像できた気がする」

「どんな想像ですか!?　魔女さん！」

「私のこと魔女だとまだ思ってくれてるんだ……」

響かせない器用さで声を弾ませた杏に、暗黒の歴史は語ったはずなのにと月子は苦笑した。

「だって、代々の駄目な男とはちゃんと別れられたんですよね。そこ大きいです」

痛い思いをたくさんした魔女であるポイントを、杏はきちんと押さえていてくれる。

「ちゃんとしてるなあ。杏さん。まあ、別れました。お花にあれこれいってもらいながら。好きになっちゃうと、どんなに駄目な相手でもしばらくは好きって気持ちで一緒にいちゃったりもするもんだけど」

「好きじゃなくなって別れた感じですか？」

愛らしい見た目よりずっと芯がしっかりしている杏には、そこは重要なようだった。

「好きでも、この人とは駄目だって別れたこともある」

問われて、痛い思いをしながら離れた人を月子が振り返る。

「踏む人。人の尊厳を。それは他人でも私でも、踏んだと思った瞬間駄目になる。反射みたいな感じかな。駄目だって思った瞬間にさよならをいう。理念みたいなのとも違うかも。感情で、もう無理ってなる」

好きだ、どんなに親友に叱られても別れられない。そう思った恋人に「さよなら」をいったいくつかの場面を月子は思い出した。

「私できるかな、そんなこと」

「杏さん、私よりずっとしっかりしてるよ」

感じたままを、素直に月子が告げる。

「月子は」

ふと花が、月子の名前を声にした。

「ちゃんと、自分のこと信じられてるのよ。絶対に心は踏ませないの。それってすごく強いこと。大事なことよ」

棘はないけれど、杏に花がそれを教えた意図は月子にはわからない。

「いいよ、私の話はもう。ええと、バイオリン青年の気持ちの想像だよ。初めて想像できたんだってば。もしかして、もしかしてね？　彼も、いや、彼は杏さんが好きで」

「え、そんな」

期待を高める杏に、違うそうではないと月子は手を振った。

「もしかして、好きで。それで、あなたと同じように、あなたが自分のことをどう思ってるのかまったくわからないんじゃないの？」

「どうしてですか!?　こんなに大好きなのに！」

そのどうしてには、答えが山とありすぎてむしろ即答できなかった。

「人間は基本テレパシー使えないからね……言葉にしないとさ」

「両想いって期待させてもし違ったら、その方が傷つけちゃうわよ」

「あ、そうだな。ごめんごめん」

棘ではなく花がやんわりと杏を気遣うのに、月子も頷く。

「でもあたしの感想もいわせてくれる？　杏さん」

それはそれとしてと、花は杏を振り返った。

「はい！」

両想いかもしれないという望みに、杏の声が晴れ渡ってしまっている。

「この絵が自分でタイトルが『肥大する自我』だっていわれたら、あたしなら嫌われてると思うわ……」

率直な感想を花が告げるのに、月子はストレートにいうとそれだとこくこくと首を縦に振った。

「そんな！　彼のいいところなんです!!　バイオリンが自分で、自分の命みたいなバイオリンを大切にしてて、時々彼よりバイオリンの方が命を預けられてるみたいで。そういうところがすっごく素敵だなって」

だからこの絵が彼だと力説する杏には、描く人としての真摯な思いも強く垣間《かいま》見える。

音大生と美大生の恋は、もし恋に基本のセオリーのようなものがあるとしたらそこに才能への尊厳や尊重が加わって、魔女の手には負えないと月子は杏の言葉を聴きながら思い知った。

「ちゃんと理由あるじゃない。彼のことを好きな」

恋に理由なんてないと断言した杏に、そう告げるのが月子には精一杯だ。

「すごく素敵な理由よ。その説明って、彼にしたの？」

花も、タイトルだけでなく描いた理由を告げてみてはと、遠回しに告げている。

「いいえ」

「説明、してみたら？　確かに『あなたの絵』っていうのは告白に近いけど、肝心なところ伝えられてない」

両想いならそれでもう答えは渡されるのではと、月子は思った。

「一年以上経って、どうやって」

「うーん。導入のシナリオお花と私で書こうか？『あのときもしかして気を悪くした？』とか」

「唐突じゃない？　一年前よ？」

頭を悩ませる杏に、けれど告白まであと一歩だと月子も花も少しだけ先を急《せ》く。

「そうだな。そしたらその絵スマホの待ち受けにして、スマホうっかり彼に見せて。『あ、この絵覚えてる？　実はこれって』」

「月子さん、そんなことできるんですか？　私演じきれない！」

無理、と杏は月子の小芝居に慄《おのの》いた。

「私そんなめんどくさいことしないよ。私が杏さんなら二年半以上前に気持ち伝えてる」

「あたしは一年前かしらね」

自分の手管だと思われるのは心外だと思わず声を上げた月子に、花も笑って声を重ねる。

杏と話すのは楽しい。可愛《かわい》くて真剣で、真摯な女の子だ。

「どうして最近の彼は、前よりあなたと話すんだろうね」

けれど彼女は心からの恋をしているので、年上の女たちが楽しくなってばかりいては駄目だと月子は立ち止まった。

今、花との間に杏がいてくれて助かっている。けれど花とのことは、月子は自分でなんとかできるはずだ。

「どうしてだと思う？」

問いを重ねた月子に、ふと、杏が不安そうな目をする。

「もしかして」

一度は伏せた瞳で、杏は月子を見た。

「もうすぐ、会えなくなるかもしれないからかも。三年も、同じ部屋にいたし。少しぐらい話しておこうと思ってくれてるのかも」

卑屈な空気は醸さず、それで充分のように、けれど寂しそうに杏が呟く。

「コンクール、今月末なんです。今回は自信があるっていってました。私も、バイオリン聴いててそう思います。大学院に進んで音が澄んだんです。このままだと念願のウィーンにきっと、すぐ行っちゃうから」

どんな顔をしたらいいのかわからないと、杏はくしゃりと笑った。

きっとたくさんの感情が、杏の胸にある。彼への恋、願いを叶えてほしいという思い、傍《かたわ》らで聴き続けたバイオリンの変化。

「すき」

小さく、月子は声にした。

「二文字だよ」

好きな人が三年もそんなに近くにいたのにもうすぐ会えなくなってしまうなんて、本当にもったいない。

時間は無限じゃないと、月子は何度でもいいたかった。

「ホントだ」

好き、という言葉の短さを、長い時間をかけて杏が咀嚼《そしゃく》する。

「たった二文字なのに、終わっちゃうかもしれないんですね。その二文字で」

ネガティブな方に、杏の想像は動いたようだった。

「いわないで、好きなままでいるのもいいかもしれないよ」

彼と週に三日も会っている杏自身がいい想像ができないのなら、その想像が合っているのかもしれない。

「そうね。とっても素敵な時間だもの」

花も同じように感じたようだった。

「なんだか」

今までで一番元気のない杏の声を聴きながら、手元のガトーウィークエンドシトロンを月子が切る。

「夢みたいですね」

好きな人と三年同じ部屋でお互いに大切なことをして過ごした時間を瓶に詰めることを、杏はとても悲しそうに「夢」といった。

「私、もう『G線上のアリア』聴けないかもしれない」

それは彼の奏でる「G線上のアリア」なのか、それともすべてのその曲なのか。きっと両方なのだろう。

「……すごくきれいですね、気づかなかった」

ふと、杏はカウンターにいくつか飾っている小さな花瓶のヒナゲシに気づいた。

「マグカップの絵と同じなんだよ」

「本当だ。すごくやさしい淡い朱色」

店の中にあるうつくしくてやさしくて楽しいものは、月子が自分と女の子たちの「大変」のために置いたものだ。

せめて目に映るうつくしさ楽しさに、口に入れるやさしさに、心が助けられるようにと。

今初めてカウンターのヒナゲシに気づいた杏は、女の子の大変とほとんど自分の力でまっすぐ向き合っている。

「サービス」

そっと、月子は杏の白いプレートにガトーウィークエンドシトロンを置いた。

●月子と花●

「いなくなっちゃったらどうしたらいいんだろう、か」

肩を落として杏が帰り、閉店時間には何をいわなくても会計を済ませてくれる常連客たちもいなくなって、月子は「close」に札を返した。

「素直な言葉ね」

ドアから戻ってきた月子に、ぬるくなったビールを一口だけ残したままの花がきれいに笑う。

「うん。私、あの子の恋、侮《あなど》ってたな。違うな、あの子を、だ」

「あたしもよ。みくびってた。反省してる」

幼い、空想の、恋に恋をした少女のように、大人の女たちは最初杏を見ていた。

自分の目に見えていたことだけ、信じた。

「このくらいなら、私にもできるんじゃないかって思った。恋の魔女。勝手にこのくらいなんて決めつけて。馬鹿だな私。私もビール呑もうかな」

いつもはだいたい、閉店時間になると花は帰る。

けれどこうして残ることもたまにある。

それならと月子は、一本の小瓶を新しい二つのグラスにわけて注いだ。

「……ありがとう」

「どういたしまして」

冷たいビールグラスを、二人は軽く合わせた。

花を信じる気持ちは、いつでも消えない。だからやはり月子のこの感情は、イライラだ。

どうしてしまったんだろうと思っているけれど、不安ではない。花も同じならいいのだけれど。

「ああいう恋愛してこなかったなあ」

「そうね。月子はなんにでも理由を見つけちゃう」

「そっか、そうだな。結局」

もしかしたら杏は、今大切にしている恋を失うのかもしれない。

「あんまり幸せになんないね」

けれど失ったとしても杏は幸せだと思えたら、考えもなく自分のことがそんな言葉になってしまった。

「……そんなことないわ」

首を振る花はやさしい。

「お花」

花はやさしい。

「これ、めちゃくちゃおいしいけど私絶対作れない」

だから花を信じて、胸にある靄《もや》を月子は言葉にした。

「絶対なんてことはどんなことにだってないわ」

ガトーウィークエンドシトロンのことだ。

「このアイシングはできるようになるにはきっと何年もかかる。眉も未だに迷いながら描いてるんだから」

苛立ちがどうしても声にのって、月子は自分にため息を吐いた。

「ここを叔母さまに譲られて、なんでお店にしたの？」

初めて花が、月子に尋ねる。

初めて訊かれたことに月子は驚いたけれど、二年が過ぎた今だからやっと訊けるのはわかる気がした。

「やることがたくさんある。店は」

「前の仕事も忙しそうだったわよ」

「そうだね。なんならもっと激しく忙しかった」

ここを贈与されて、月子がブックカフェを始めたのは恐らく誰にとっても突飛な選択だった。

立地がいいので、一番有益な管理方法は堅実な大家になることだ。そうするだろうと両親は思ったようで、月子が住み始めたことにまず驚いていた。

「お花の仕事と私の前の仕事、近いところあった気がするんだけど。行動か思考かっていったら、考える時間が多い仕事じゃない？」

店にする、ブックカフェにする、古書も売る、珈琲を出す、酒も、ならつまみもと月子は免許や資格を集めた。貯金は八割なくなった。

「思考の時間は、多いわね。作業も多いけど」

どの選択のときにも、花は「そうなの」としかいわなかった。

「この店も考えなきゃいけないことはもちろんあるけど、朝起きて掃除して。調理して洗い物して、本棚を確認して。体を動かす時間が多くて」

しかもその動かし方がある程度一定なので、段々体が覚えていく。

「やってみたら、想像よりそれはすごくよかった。思考にはさ……するっと何かが、入り込むから」

思考し続けていると、思考しているせいで連想や、ふと考えたくないことに捕まってしまいやすい。決して望んでいないのにその考えが深まったりループしたりしてしまうことが、月子にはあった。

何をと訊かずに、花は月子の手元を見ている。

「ガトーウィークエンドシトロンは、凝《こ》りすぎたわね。ごめん。月子がちゃんと原価も考えてるのに、実は私いわれている原材料費よりはみ出した分自分で出しちゃったの」

「え?」

よく予算内で作れたとは思っていたものの、打ち明けられて月子は驚きがそのまま声になってしまった。

「二度としないわ。本当にごめん。お店で出すものなのにね……ごめんなさい」

驚いた月子の言い分をすべて汲《く》んでくれて、何度も花が謝る。

「そんなに謝らなくていいよ。でもお花っぽくない。どうして？」

責める気持ちは謝罪でふっ飛んだけれど、理由は話してほしかった。

「どうしても作りたかったの」

感情だけを、花が頼りなく呟く。

「許して」

悲しそうな花に、月子はどうしたらいいのかわからなくなった。

花は、理由を話せない困ったことを、したことがないかもしれない。出会ってから一度も。

イライラは、完全にザワザワに変わってしまった。

「お花。今の彼氏と、もうそろそろ三年だよね」

「そうね」

「久しぶりに、三人でごはんしたいな」

「そうね」

話してくれないけれど花は、ずっと住んでいるといっていたこの町から、どこかへ行ってしまうことになったのかもしれない。

そうとしか、もう月子には考えられない。

いなくなっちゃったらどうしたらいいんだろう。

花にはそんな言葉負わせるわけにはいかない。大切な友達だから、旅立つなら笑って見送らなくては。

巡る思考にまんまと捕まって、月子は無言になっていた。

●二階の山男●

「大人気だ。今月号にも載ってる」

鴨がなくなって何か夕飯を作らなくてはと思いながら気力が湧かず、月子は二階でスコッチを呑んでいた。

「嫌われてるんだよ。俺」

山の雑誌を捲った月子に、テーブルの向かいで彼が苦笑する。

「嫌われてるとか、そういうことじゃないよ」

自分だけでなく、他人も危険に晒《さら》す可能性がある。山男が山に入るのを止めることは誰にもできないので、多くの人がその山男に大きく振り回された。

「まだイライラしてるのか？　お花さんとなら必ず仲直りできるよ」

「わかったようなこといわないで」

どうしてそんなことがいえると、苛立ちが募る。

うつくしいこと、やさしいこと、楽しいことで月子が視界を埋め尽くしている理由を、花はわかっていて手を貸してくれているけれど、その話は一度もしていない。

「陳腐《ちんぷ》な台詞だ」

自分の声が谺《こだま》して、月子はぼんやりとその谺を聴いていた。

「わかったようなことをいってるのは私だ。だってこんなにあなたのことがわからないのに、わかりあってるってなんで思い込んだんだろう」

どうしてこの知らない山男のことを書き続ける雑誌を、自分は読み続けているのか。

「思い込みは、相手がいないと解けない」

声が悲鳴になりかけた刹那《せつな》、とん、と彼がテーブルを指で叩いた。

「白《シロ》」

月子の足に白が、長い体を擦りつける。

「おまえは本当はいくつなんだろう。いつからここに住んでた？」

白はあまり動き回らない。恐らくは大分大人の猫だ。月子が用意したトイレをきれいに使って、フードを食べ水を飲んで、ほとんどは陽《ひ》だまりに眠っている。

「いなくならないで」

白のやわらかい背を、月子は撫でた。

「お願いだよ。いなくならないで」

誰にもいえない言葉を、白に預かってもらっている。

するりと指からは逃げるけれど、白は遠くにはいかなかった。

「きれいだね、白は。目が宝石みたいだ」

とん、と軽やかに窓辺に上がった白のしなやかな体を、見つめる。

靄が立ち込めたような心のままこの家を訪れた日に、月子が最初に見つけたうつくしさは、白だった。白はやさしさでもあり、時に楽しさでもある。

白に出会うたびに、心がわずかに凪《な》ぐのを感じた。

視界をすべて、凪ぐもので埋め尽くそうと月子は思った。一人ではできない。親友の手をたくさんたくさん借りた。

「嘘ばかりついてると思ってたけど」

そうして、埋め尽くした視界の外側を、少しずつ見られるようになっている。

「白。眠るの？　本当に白は、きれいだ」

ゆっくりと少しずつ凪いで、手当てされているのかもしれない。

それで月子はやっと、世界の方を見始めた。

もしかしたらそれで、親友は安堵したのだろうか。

「寂しいな」

自分のものでしかないただの感情が、月子の唇から床に落ちた。随分と久しぶりのことだ。

嘘のない寂しさと、月子は目を合わせた。

痛いけれど、酷く居心地が悪いわけではない。

自分の中にある親友への愛情から生まれた思いを、厭《いと》いはしなかった。

●赤毛じゃない杏●

六月が終わって庭の日陰《ひかげ》にある紫陽花が青くなる夜、「朝昼夜」のドアベルがカランと澄んだ音を聴かせた。

「すみません、お金なくて。ご報告だけ！」

存在のすべてが明るい杏が顔を見せて、月子にも、花にも報告の中身は知れる。

「じゃあそっと珈琲だけ」

その内側から光るような杏の報告は是非《ぜひ》とも聴かせてほしくて、月子は真っ白なカップに珈琲を注いだ。

松の実が散る鰯《いわし》のマリネと、粒マスタードにしんなりした玉ねぎで冷えた白ワインを呑んでいる花も、大きく微笑む。

「彼のウィーン行きが決まったので、ずっとすきだったって伝えました。それで、彼もずっとすきだったたって、いってくれました。いまも、すきって」

朗らかな瞳が幸せをいっぱいに湛《たた》えて、月子と花にそれを教えてくれた。

「おめでとう。杏さん」

「本当に。幸せね。よかった」

「ありがとうございます。一人では、告白できないまま見送ってました」

礼をいわれて、月子と花が顔を見合わせる。

恐らく気持ちは同じだ。幸せや楽しさをわけてもらっただけで、自分たちは何もしていない。

そんな二人には、まだ語られていない一つの気がかりが残っていた。

「ウィーンは?」

杏の表情に曇りがないので、短く月子が尋ねる。

「彼がいる間に、一度くらいは訪ねたいです。バイトしなきゃ」

不思議と、凜《りん》とした杏に寂しさは見えなかった。

三年間ずっと好きで、やっと恋人になった彼が異国に旅立ってしまうのに、それを惜しんで見えない。

「もともと同じ目的は持ってないので、もし両想いだとしても、離れ離れになったりはす

ると は思ってました」

両想い、という幼く響く言葉を使うことは変わらないのに、杏は最初の印象とまるで違う。

それは杏が変わったのではなく、自分たちがわかっていなかったからだと、月子も花ももう知っていた。

彼女は最初からいっていた。

――だってアンは、あんなに一生懸命学んでるのにギルバートと。

赤毛じゃない杏は、恋のために自分のルートを変えない。

「お互いの目的がそれぞれ別の軸《じく》にある恋なので、こういう時間はあり得ます。手紙を書くことにしました」

「それは、古風だね」

カウンターの下にある冷蔵庫からきれいなアプリコットケーキを取り出して、月子は杏に切ってあげたかった。

「三年分、あのときあなたはどう思ってた？　って、訊くんです」

けれどきっと、透明な杏《あんず》色のアプリコットジャムを纏ったうつくしさは、杏には必要ない。

最初から、目の前に広がっている世界を、しっかりと彼女は見ている。

「それは楽しみね」

こぼれるようにきれいに、花が笑う。

「きけるのがすごく嬉しい」

嬉しいといってから初めて、杏は隠していた寂しさを見せた。

「必ずどこかの点が重なって、一緒の時間が生まれます。三年も、相手の気持ちがわからないまま好きでいられたので。私も、彼も」

自分にいい聞かせているようでいてそれは。

「信じられます」

とても力強い響きだった。

「全然、無駄な時間じゃなかったね。三年」

好きで、好きで、好きで、そんな三年間は夢のようにきれいな時だ。

「杏さん。あなた、とてもまっすぐだ。見習いたかった」

無意識ではなく、月子の言葉が過去形になった。

「あなたは頼まなくても幸せになる」

「そうね。もう、幸せよ」

月子の言葉に、花が静かに頷いた。

「たまにでいいからまたきて」

指を伸ばして、勝手に拭《ぬぐ》ったりしない。

その涙の透明さも彼女の持ち物だと、月子はもう知っていた。

背中を伸ばした杏の頬に、不意に、涙がこぼれ落ちる。

「はい」

●月子と花　その2●

指のきれいな窓辺にいる人が、その指からフォークを放す。青と銀色の鰯を、食べ終えたようだった。

「どっちでもきっとあの子は大丈夫だと思ってたけど、両想いでよかった」

「あたしも同じ気持ち」

洗い物をしながら呟いた月子に、花が頷く。

「でも片思いだったとしても、杏さんは変わらない。強いね」

「ええ。すごく」

幼いと最初に思った彼女の心はひたすらに素直で、力強くまっすぐだった。

「経験値高い魔女だなんて、恥ずかしいな。私」

「けしかけてたから、あたしも悪かったわ。だけど」

「だけど、なに？」

素直と呼ぶには強さのある杏の思いを二人ともが浴びて、尋ねられないままの掛け違いにも今なら触れる気がする。

「魔女が大成功したなんて話聴いたことある？」

「そういわれればそうだけど」

「いいことだけで世界は回ってないじゃない」

いつもの、月子のよく知っているやさしい花の声だ。

世界と、いま花はいった。

「そりゃそうだ」

魔女を探している女の子たちに出会って、月子は段々と、忘れてしまいそうになっていた世界を思い出している。

「大変だったり大変じゃなかったりの女の子たちに会えたのは、嬉しい」

「うん」

花がずっと、静かに手を貸してくれていた。

信じることと愛することは、とても似ている。

「お花」

月子は花を信じていた。

「彼氏と正式にパートナーになれる土地に、引っ越しなよ。明日、何があるかわかんない」

だから手は自分から放してあげなくてはいけないと、強く意を、決した。

月子の言葉を、長く花は聴いていた。

「鏡」

そして月子の顔を、じっと見ている。

「あんた今、自分がどんな顔してるのか見てみなさいよ」

自分こそが、とても辛そうに。

「現実的なこと、ちゃんと考えるわ。このままだと、もしものときに何も残らない。彼もあたしも。だけど、あたしは月子が本当にもういいっていうまでここにいるの」

ゆっくり、花は語り出した。

信じているから静かに聴いているけれど、その話がどこに向かっているのか月子には見当もつかない。

「あたし、恋愛が最上の唯一の愛情だと思ってないのよ。月子」

月子にはすぐに意味のわからないことを、花はいった。

うつくしくてやさしい花は、いつでも人に愛される。十代の頃から、花にはいつも決まった相手がいた。

「嚙み合わない父親の愛も、あたしは捨ててない。他の人は捨てていいわ。あたしは捨てられないの。今の距離より離れると、あたしは父親を失う気がする。ホッとしてしまってそのままきっと、もう連絡もしなくなるわ。お互いに、しなくなる」

「それは、駄目なの？」

「あたしはね。駄目。親だからだけど、憎しみは持てない。父も頑張ってる。なんとか……我が子を愛そうと苦しんでる。それはあの人のせいじゃない」

「お花のせいでもないよ」

どうしても月子の声は強くなった。

「誠実な人よ。あたしは父親に愛情がある」

嘘ではないことは、花の声から伝わる。

「愛情は、自分を選んでくれるたった一人の男だけと分けあうものじゃないって、あたしが知ったのは」

少し濡《ぬ》れて見える花の瞳が、月子を見つけた。

「あんたが、あたしに酷いことをいった男を殴ったとき」

思いもかけないことをいわれて、月子はただ目を丸くする。

「月子は暴力を絶対許さなかった。いつも理屈っぽくてめんどくさい子だった。だから月子はあのときあの人殴ったこと、ずっと後悔してるわね。ごめん」

いわれた通り、月子は自分の手が暴力を行使してしまったことを、干支二回り目に入っ

ても まだ悔やんでいた。

「あたしは月子があのときあんなに怒ってくれなかったら、自分を死んでも踏ませちゃいけないことに気づけなかった気がする」

「まさか、お花がそんなこと」

聡明で、誰よりも麗しい私の親友がと、月子が頼りなく首を振る。

「子どもの頃から、本当はたくさん我慢してたのよ。だけどそれを、あたしは当たり前だと思ってた。そういう風に、時々誰かに踏みつけられるように生まれてきちゃったんだって思い込んでたの。あたしが踏ませてるんだって」

捨てられないとさっき花がいった父親も、きっと、花を踏んだ。

「月子が自分の倫理を曲げた日に、もう誰にもあたしを踏ませないって、決めたのよ」

唇を嚙みしめた月子に、花がどんな日よりもうつくしく微笑む。

「愛情は、いくつかあるって知って。あたしには恋愛は唯一じゃなくなったの。踏まない人を、あたしは選べるようになったの。あの日から」

こんなにきれいな花にとって、恋愛は最上でも唯一でもない。

そういうこともあると、月子は考えたことがなかった。

「父は父で、あたしに不愉快になってしまうように生まれついてしまった。だけどあたしが大人になる頃から、踏まない努力をしてくれてるの。自分の子どもだからよ。あたしはそれも、愛情と名づける」

「……私の麗しのダイアナ」

『赤毛のアン』の台詞をいうのが、月子には精一杯だった。

花がうつくしすぎる。

「アン・シャーリーを気取るならもっと語彙《ごい》を増やしてよ」

「にわかなんだ。許してよ」

もっと、花を称えたかった。愛情を伝えたい。

「私の、大切な……信頼する、ダイアナ。もうしばらく、いてくれる？」

「あんたに頼まれなくてもね。焼き菓子は」

発端になった焼き菓子のことを、花がちゃんと言葉にした。

「ゆっくり教えるわ。ごめんなさい。月子をあたし、もっと自由にしたかったのに。月子があたしを自由にしてくれたように」

なのに、と、花が少しだけ口ごもる。

「一人でできるようになっていっちゃうって、それが寂しかったの。つまらない棘」

ごめんなさいと、もう一度花はいった。

「謝らないでよ。甘えてたのは私なんだから」

「……なんで？　って思っちゃうところもあるけど。きれいな夢だけじゃなくて、すごく深い湖の底みたいな葛藤《かっとう》や隠された棘がちゃんと詰まってて。あたしはそこが好きなのかもしれないわ」

不意に花がいった「好き」が、『赤毛のアン』のことだと月子は何故だかすぐに気づくことができた。

「すごく深い湖の底か。葛藤や棘もあって、それが世界で。きれいな濃い青碧《せいへき》なのに、透明で」

「きれい」

「両方あるのが、人だね」

カウンターの上に、静寂が流れていった。

透明な、青《あお》と碧《みどり》色の。

「モンゴメリもアンも、不幸ではなかったのかも」

「そうね。あたしはもし法律上パートナーを持てずに終わったとしても、のちの人にかわいそうだったとは、いわれたくないかもしれない」

「私もいうまい」

「ええ」

ふと花が、「白ワインもう一杯」といった。

オーダーなので、伝票につけて月子は花と自分に白ワインを注いだ。

「最初に読んだときは、どう思った？」

少女の花の感想を、月子が尋ねる。

「女の子は大変」

女の子は、大変だ。

けれど花はもう、女の子ではないのかもしれない。

つまらない棘と今花はいったけれど、そんな簡単な話じゃない。

恋愛が最上の唯一の愛ではないと、強い意志で花は、月子のそばにいるために三年前の恋人と別れたのだ。

いい人で、素敵な人だった。外国に行くのも、もしかしたら花をもっと自由にするためだったのかもしれないのに。

「もう二人とも三十半ばなのに、まだつまらない喧嘩《けんか》するのね」

これは、喧嘩じゃないよ、花。

喉まで出かかって、月子は胸が詰まって声にできなかった。

信じることと愛することは、とてもよく似ている。

似ているけれど違うものだ。

違うけれど人の心から生まれる水のように、きれいに澄んで渇きを癒《いや》していく。

ずっと、花は月子のそばにいてくれた。

「お花」

呼びかけた声に、なんの嘘ものっていない居心地のよさを月子は感じた。

「私二階で猫と暮らしてる」

とん。

軽く床を打つ音が、わずかに聴こえる。

「時々、聴こえるわね」

いつもその音を無視して、月子が望んで止めている「時」に目を瞑《つむ》ってくれていた花が、いった。

「足音?」

「足音」

「聴こえてたんだ」

「聴こえてたわ」

「そっか」

長い息をつくように、月子は笑えた。

それで、花が「聴こえてた」といっていい時を慎重に見ていてくれたのだと、わかった。

●二階の山男●

きれいな絵葉書が、また叔母から届いた。

「叔母さん、筆まめだな」

テーブルの向こうで彼がいうのに、月子は顔を上げるのが少し、嫌だった。

「筆まめだけど、相変わらず帰る気配はない。どんどん遠ざかる。どこだろう、ここ。住所書いてない。珍しいな、書き忘れたのかも」

元気でいなさいと書かれた絵葉書の風景は夏の山で、外国にも見えるし、日本にも見える。

彼が三年前に入ったきりの山にも、似て見えた。

「ここ、どこ？」

彼に、葉書の裏を月子は見せた。

「赤い蠍《さそり》が、燃えているところだよ」

山には時々、赤い蠍が燃えていると彼はいう。

その意味が月子にはわからないので、赤い蠍が燃えるとそこから話は何も続かない。

「月子の鰯のマリネ、好きだ。酸っぱいのは全部レモンなんだな」

代わりに、彼がマリネの話をした。

ビネガーの代わりにレモンを使った月子のマリネは、すべてが新鮮でないとその味に仕上がらないところが欠点だ。

「時々、レモンの種と松の実が交ざるんだ。それ作るようになったの、店始めてからだよ。一から考えた。ゼロスタートだったんだよ」

そうだっけ、と相槌《あいづち》を打った彼はいつもと何も変わらない。

「あなたは、一回も食べたことないじゃないか」

解き放った月子の声が、夜の灯《あか》りに凍った。

「私はあなたを、唯一の人だと思った。私を愛して助けてくれる唯一の人だって」

ぼんやりと揺れる彼を、凍った声の向こうに見つめる。

「でもきっと、違う」

「ああ。違うよ」

あっさりと、彼の声が返った。

「……そう、いうだろうと思った。私は」

彼をわかっている。彼も月子をわかってくれている。

「だったら手を、放して」

「放さないのは月子だ」

だって俺には手を取ることはできない。

とん。

後半はよく聴こえなかった。いつものように彼の指がテーブルを叩いて、白が月子の膝に乗った。

「お花のやさしさにずっと包まれて、私は少しずつ癒《い》えて」

それで、見ようとしていなかった世界の方を見るようになった。

「世界は残酷じゃない？　白。最近白も、私にやさしいね」

頬から背を、そっと月子が撫でる。

「今日、大事な言葉、聴いた。とてもきれいな言葉」

恋愛が最上の唯一の愛情ではないと、信頼する友がいってくれた。

「すごく深い湖の底」

その言葉を標《しるべ》に今日は眠る。

「そこが好きなのかもしれないって、いってた」

標に眠れば、また明日目覚める。

目覚めたとき世界がまだ残酷だとしても、見ることはとめられず、ひたすらに鮮やかになっていくのかもしれない。

「両方あるのが、人だ。それは、私がいった」

それでも月子は、夜明けを拒まない。

「私がいった」

深い湖の底に沈むように眠って、見ていなかった「両方」の片方を、目覚めたら探す。

うつくしいこと、やさしいこと、楽しいことで視界を満たしたから、もう一方も見つめてこの世界で息をする。

彼は、私の世界のすべてではない。

世界はまだ終わっていない。

3話　思い出にいないマーニー

●西荻窪の魔女、秋の夜●

この店にはいくつかの嘘《うそ》がある。


「なんだかホッとしました」

最早レトロとしか言い様のない打ち込み式のレジでお会計をした、ブックカフェ「朝昼《あさひる》夜《よる》」の店主である月子《つきこ》に、会計中の常連客の一人が珍しく話しかけた。

「なにがですか?」

九月の夜の月子のシャツは季節に似合った麻のグレーで、髪は相変わらずの一つ結びにシンプルメイクで尋ねる。

難しいナチュラルメイクはあきらめて、メイクはシンプルと呼ぶことにしていた。

「洋梨のタルト。甘すぎなくて……素材の味で。最近また、いつものこのお店の味」

ガトーウィークエンドシトロンももちろんおいしかったけど、と遠慮がちにいって、だいたいハンナ・アレントを読んでいる長い髪の彼女は頭を下げて出ていった。

「……本当に悪かったわ。でも、いつもの味にホッとしてくれてあたしもホッとした」

ガトーウィークエンドシトロンと洋梨のタルトの両方を焼いた花《はな》が、カウンターで白ワインを呑《の》みながらゆるく巻いた髪を指で後ろに流した。

ブルーグレーのやわらかいジャケットがきれいだ。

「いつものこのお店の味は、その通りなんだけど」

五月にこれからは自分で焼くという話を花としたが、まだ何も始められていない月子が苦笑する。

「野の花も裏庭に咲いてないの？」

形のきれいなフラワーベースにどんぐりの実がついたブナの枝が挿してあるのを見て、何の気なしに花は呟《つぶや》いた。

「実はそれ、手抜き」

そのどんぐりは、青い実のときから軽く一週間は挿してある。

「そうなの？」

「だって、私がどんなに癒《いや》しの空間を醸しても」

落ちついた風合いの木目とやさしい乳白色の読書灯が灯《とも》る店内を、月子は見渡した。

月子一人でやっているにしては広い店内は満席に近いが、相変わらずのお客たちはワンプレートワンドリンクを片手にそれぞれの一冊に入り込んでいる。

「うつくしいこと、やさしいこと、楽しいこと。誰も見てないよ」

「見てなくても、無意識のうちに自分の景色になるものよ」

「そう?」

「そうよ。そしてよくも悪くも見慣れてるものが自分になっていくんじゃない? 目に入るものがほどほどにきれいなのは、きっととってもいいことよ。好きなものならなおさら」

茄子《なす》のペーストを青いオリーブのフォカッチャに載せて、花は笑った。

同じことを違う言葉で、月子はこの店を始めるときに花にいわれた。

自分の家やお店を持つなら、視界に入るものを全部自分の好きなものにするわ。あたしなら。

それが花にはとても大切なことなんだと、月子は聴きながら思ったのを覚えている。ほとんど思考せずに、それならとまずこの店の本棚とテーブルをすべて檜《ひのき》の古材にした。

「手抜きくらいが、こっちも肩の力が抜けてちょうどいいかも」

少しいたずらっぽく、花がどんぐりを眺める。

「私」

無意識に、月子の口が開いた。

なに? というように、花がカウンターから月子を見上げる。

私は三年前に、ここから先生きていく中で二度と立ち上がれないだろうと、思った。生きていることが精一杯だと思っていた。

不意に、月子ははっきりそう思い出した。何故《なぜ》なら三年前は想像しなかったことができていると、気づいたからだ。

深く、呼吸をしている。

「どうしたの」

「ううん。お花、夜呑むとき炭水化物的なものそんなに食べるの珍しいな」

花は茄子のペーストを、オリーブのフォカッチャに丸く載せていた。添えてあるセミドライトマトのオイル漬けは、定番の総菜だ。

「だって。この茄子が信じられないくらいおいしいのよ」

「それはそうだとも。グリルでニンニクと一緒に焼いて冷まして。緑色の上等のオリーブオイル、白ワインビネガー、アンチョビ、ケイパー、少しの塩でマッシャーでペーストにしてるんだから」

「なんてことしてくれるのよ……おいしい。これ日持ちするの？」

この二年、月子はたくさんの総菜を作り置きして、白くざらついた楕円《だえん》の皿に並べてきた。

「二、三日はいけるだろうけど。茄子を相当量焼かないといけないから、毎日作ってるよ。旬だし。なんとなくいろいろ手際もよくなった気がしてて。だからそういうこともしてみようかなと」

「いいんじゃない？　すごくおいしいし。お店、丸二年過ぎたものね。手際もよくなるでしょうし、変わることもきっといろいろある頃よ」

茄子でワインを呑んで、花は上機嫌だ。

夜の営業時間のワンプレートワンドリンクは、アルコールの注文が増える。今日作った茄子のペーストは、もし残っても最後に月子が食べて終わりのようだ。

窓辺《まどべ》のきれいな指が、茄子のペーストをフォークで掬《すく》うのが見えた。

「変わること、か。……私、特定の常連さんとお喋《しゃべ》りしたりしないできたけど。魔女探しの子羊以外」

そのままがいいのかどうなのか、月子が続きを花に委《ゆだ》ねて言葉を止める。

「好きになさいよ。そんなの」

突き放すのではなく、大事なことは自分で決めるものと、花は白ワインを呑んだ。

「いや、お喋りしたいわけじゃない。少し」

きれいな指を見ていたら、滅多にないことだけれどその人と目が合った。

「気になるだけ。窓辺の席でいつも……イーユン・リー読んでる人。絶対家に持ってる気がして」

本人が店内にいるので、月子が声を小さくする。

「いつも？　そんなお客さんいる？」

不思議そうな目をして、花は店内をそっと見回した。

「え?」

イーユン・リーは花も全部読んでいて、その人は長く通ってくれているので花も当然認識していると思っていた月子は、まさか幻なのかと声を詰まらせた。

「うそうそ。月子が時々見てる人でしょう? 窓辺のやわらかいショートヘアの、指がきれいな。月子がなんだかちょっとシンパシー感じてる人」

「なんで」

なんでそこまでわかると、今度はまったく違う驚きに月子の声が詰まる。

「あたしを誰だと心得る。他人が他人をどう思うかなんてことを考えるのに半生を費やした女よ」

苦笑して、花は自嘲的《じちょうてき》にいった。

花のいっている意味は月子にもわかったけれど、自虐《じぎゃく》めいた言い方で気持ちを漏らす花は稀有《けう》だ。

「くだらない人生ね」

「そんなこと絶対ない!」

思わず強くいった月子に、花は「ごめん」と肩を竦《すく》めた。

それでこの話は終わりのようで、月子は自分の白い蕎麦猪口《そばちょこ》に白ワインを注ぐ。

花が自分の「生まれつき」のことを自嘲することはほとんどない。

「マーニーみたいなことかと思った。私にしか見えてない女の子」

ほとんどない言葉が花からこぼれてしまったら、そっと話を変えるのが自分の役目のように思って、月子は今までそうしてきた。

「『思い出のマーニー』？」

「そう」

窓辺の指がきれいな人は、ジョーン・G・ロビンソン作の児童書『思い出のマーニー』に現れるマーニーを少し思わせる。マーニーは、人々を「内側」と指し自分を「その外側にいる」と心を閉ざしている主人公の少女アンナのもとにだけ訪れる幻影の友人だ。

物語は人々の思いも時間も多重になっていて、とても複雑だ。

乳母に虐待を受けていたマーニーはアンナの特別な親友なのか、それともアンナを守りたい祖母の心の残像なのか。揺らぎがある。

「あたしあの主人公が大嫌い。この世の不幸を全部背負ったみたいな被害者メンタル」

ただ話題を変えただけのつもりだった月子は、ため息交じりの花の感想にまたもや声を詰まらせた。

「でも、実際アンナは孤児だし……不幸なことには間違いないのでは」

「みんなは内側で、自分一人だけ外側。そういう自意識過剰で仮想敵を作ってる気がするわ。あの子最初から、養母に愛されてるのを本当はわかってるじゃない？」

『赤毛のアン』にはやさしかった花が、『思い出のマーニー』には随分《ずいぶん》と辛辣《しんらつ》だった。

「そうかも、しれないけど」

アンナは、孤児院から引き取ってくれた養母が孤児の養育のためにお金を受け取っていることを知って、それですっかり心を閉ざして海辺の町に夏を過ごしにくる。

母のことも祖母のことも、「自分を遺《のこ》して死んでしまった人」として恨んでいた。

「平気で物を盗むし」

「碇《いかり》のことなら、マーニーの思い出であって」

アンナはマーニーとの思い出から、よくしてくれている一家の船の碇を勝手に持ち出す。

「養母の財布からお金を盗んで、それを養母に葉書に書いたけどほとんど反省もしてない。信じられない。月子そんなことしたことある？」

花は決して語気荒くはなくいつもと同じトーンだったが、友人である月子にはアンナの盗みを度し難く思っているのが伝わった。

「最早大変いいにくいけど、ある」

「ウソ」

目を丸くして花は、口の前に手を当てた。

「どうしてもどうしても、松谷《まったに》みよ子《こ》の『私のアンネ＝フランク』が欲しくて。高かったんだ、子どもには。でもどうしても欲しくて、玄関に置いてあった何かの支払い用のお札で買ってしまった。読みたい心に打ち勝てなかった。叱《しか》られたし反省してるし苦い思い出」

「『私のアンネ＝フランク』じゃあ、叱りにくいわね」

苦笑して、子どもの頃の罪を花は咎《とが》めないでくれるようだった。

「あたしは」

随分とアンナを責めすぎたとそんな風に、長く息を落として花が空になった蕎麦猪口を持て余す。

「やっぱりね、っていわれないように生きてきたから。がっちり型にはまってね」

今日二度目の、花の「生まれつき」の話に、月子は何かいいたくなった。

「あたしが同情するのはあの子よ。太っちょ豚っていわれた子」

「なんで？」

けれど花が声を明るくしたので、「生まれつき」の話には結局触れず問いかける。

「小学校高学年の頃には、もう自分の体はままならなかった。油断したらすぐ大きくなるからすごく気をつけてた。なのにアンナみたいにガリガリの女の子が太った子に太っちょ豚なんていって。ああ本当にアンナが大嫌い」

「全身の毛穴がものすごい勢いで開くほどびっくりしてる」

朗《ほが》らかにまた大嫌いといった花と『思い出のマーニー』の話をこんなにちゃんとしたのは初めてで、言葉通り月子は今全身総毛立つ思いだった。

「どうして？」

「だって」

遠い記憶が、しっかりと月子の中に蘇《よみがえ》る。

「自分はアンナだって思った。初めて読んだとき」

「どこが」

「外側にいると思い込んでたし。親の愛情ちゃんとあったのに何かと拗《す》ねてたし。本が欲しくてお金は盗むし」

「とてつもなく気まずいわ。マーニーはいたの？」

「いや」

いたらいいのにと小学生の頃夢想したことも、月子の記憶にあった。

「お花がいたな。いつも」

「中学からだけどね。あたしと月子には、アンナとマーニーみたいに思い詰めた特別さはなかったわよ」

「そうだな。なんだっけ……アンナとマーニーがそういうことをいうんだよ。初めて会ったときに。お互いのことをペラペラ喋るようなくだらない仲にはならないわあたしたち、みたいなこと。子どもだったから、そのときは憧れたけど」

ちゃんとは思い出せない、少女同士らしい物言いにくすりと月子が笑う。

「お花と仲良くなったときには、マーニーのことは忘れてたな。でもこうやって思い出すと、二人がいってた『くだらない』関係が私には大事だ。大事っていうか大好きだ」

大人になればきっとアンナとマーニーも、そう思う気がした。

「あたしもよ。ペラペラ喋るのとってても楽しい。白ワイン追加して？」

「はいな」

カウンター下の冷蔵庫から、月子が薄い緑色のボトルを取り出す。冷えたボトルはうっすら白い靄《もや》を纏《まと》って、揺れる液体が花の白い器《うつわ》に流れ込んだ。

「私もここで食べようかな。茄子のペーストとフォカッチャ」

自分用の器を月子が出そうとした刹那《せつな》、とん、と天井が軽い音を立てた。

引き留められたような気がして迷った月子の視界に、不意に『野の花、春』が入ってくる。

きれいな指が、その本をカウンターに置いた。

「あの、この本」

きれいな指の人が、初めて月子に話しかけた。一年以上通って、初めてだ。

今マーニーのようだと思っていた人が、まさか魔女を探しているのかと目を見開く。

「気にかかるんですけど、でも」

続きをいいにくそうに、きれいな指が裏表紙を返した。

「高すぎるわよね」

彼女がいいにくいことを、花が代わりに言葉にする。

「そうかもしれません」

黒い髪をやわらかく短くした人は、深い青色のきれいなブラウスを揺らして困ったように、笑った。

「魔女をお求めなのかしら。ね」

さっき話していた人だとわかっていて、花がやんわりと月子に繋《つな》ぐ。

「魔女？　魔女は、いたら楽しいけど」

薄い淡い色の唇が弧《こ》を描いた。

どうも彼女は、この店の魔女の噂《うわさ》を知らないで『野の花、春』をカウンターに持ってきたようだ。

本気で買おうとしているのだろうか。

「ごめんなさい。この本は……」

正面から見て声を聴いて、月子は自分が彼女に感じていたのはシンパシーではないとわかった。

「思い入れが、あって」

指がきれいな彼女に感じていたのは、共感ではなく既視感《きしかん》だ。

「そうですか……わたしも、気になって。思い入れというか、気がかりな本なんです」

こうして顔をちゃんと見ると、月子はこの人を何処《どこ》かで見たことがあると気づいた。

「話しかけてもいいですか？　月子さん」

既視感という緊張が伝わったのか、自分も同じように知っていると示すように、彼女が月子の名前を呼ぶ。

「わたしは、照瑠《てる》といいます」

「はじめまして？　照瑠さん」

「お店にずっと通ってました」

整った顔立ちをした照瑠がいたずらっぽく笑うのに、月子はつられて笑った。店にいれば、自然と月子の名前は耳に入るだろう。

「そうでした。でも改めまして、月子です。あの」

お喋りしたいわけじゃないんだけど、彼女が気になる。

今初めて月子はそれを、花に話したばかりだ。

「ここに、移ってきたら？」

カウンターの隣を、花がやわらかな手で照瑠に示す。

「いいんですか？」

花と月子に、照瑠は尋ねた。

「もちろん」

惑いながら月子が頷《うなず》く。

足音を大きく立てないようにして、照瑠は窓辺の席に戻った。青いブラウスにアイボリーのパンツは彼女がきちんとした人だと表して見えて、足元はグレーのスニーカーだった。

彼女の左手の薬指に、細い指輪があるのは知っていた。

「シンクロニシティね。お互いなにか気になって、声にしたのが同じ日なのは別に珍しいことじゃないわ」

「そうかもしれないけど」

初めて指のきれいな人に話しかけられて、月子は不安でいっぱいだった。

何しろ彼女は、『野の花、春』が気がかりだといったのだ。

「……気がかりってなんだろう」

月子の独り言を聴かないふりの花のまなざしも、カウンターに置かれた本に向いている。

「マーニーにしては存在感があるわね」

いつもとは違う形で『野の花、春』が差し出されたことを、花は悪く思っていないようで、それが月子には不思議だった。

●二階の山男●

茄子のペーストとオリーブのフォカッチャを、結局月子は店で食べた。花と、そして初めて話す照瑠と、濃い目の白ワインを呑みながら、お喋りをしながら。

「おおらかとかおおざっぱとかいろいろ言い方はあると思うけど、あなたの雑で無神経なことには呆《あき》れ返る」

いつものように彼の向かいに座って、彼が今まで見せてくれた山の記事や花の写真のスクラップブックを月子はテーブルに置いた。

見たいときに好きに見ていいと、彼が月子の部屋に置いていた少ない荷物の一つだ。

「それ全部俺の長所だと思うけどなあ」

「私もそう思ってるけど今回は違う」

何度も繰り返し見てそして箱に入れて、月子は「朝昼夜」を始めてから箱を開けていなかった。

今、本当に久しぶりにスクラップブックを開いて、それも自分でも信じられないくらい乱暴に開いて、見つけた。

「この指のきれいな人と、今日話した。照瑠さん」

どうやら旅行雑誌と思われる一ページに、彼は照瑠と並んで写っていた。腹立たしいほど彼は朗らかだ。

このときの彼女はまだ指輪をしていない。

「照瑠さん。個人旅行の手配の仕事してるんだってね。ここにも書いてある。『聞き覚えのないような遥か遠い国への切符も現地便も私が手配します』……行程表持ってる指が、きれいで印象に残ってた」

「海外の山には行かなくなったから」

「行けなくなったんだよ」

何年前なのだろう。写真の照瑠も髪が短く、今夜会った人とそんなに差異がない。

「あなたが同行者をつけないから」

山の方から拒まれた。

月子は最近、山の専門誌を毎月読んでいる。山に入る時の彼は息を呑むほど勝手だ。山という特殊な場では、知らない者同士がルールを守って手を伸ばし合わないと誰かの命に関わる。

彼は段々と入れる山が限られていったのだと、今になって月子は知るようになった。

「照瑠さんは『野の花、春』が気がかりだっていった」

さっき、一時間にも満たない時間を、月子は照瑠と話した。「朝昼夜」の蔵書を、まず一通り彼女は丁寧に称えてくれた。そして月子の作るワンプレートを絶賛してくれた。

花が照瑠のことを尋ねて、仕事の話を聞いたところでふと朗らかな声が途切れて、「そろそろ」とお会計をして彼女は帰っていった。

「お花が、肝心なこときっと話さないでいったわねって」

ドアベルが鳴るのを聞いて、花がそう呟いた。

なんだか月子はそこで花に、アンナを嫌ったように照瑠を悪くいってほしくなったけれど花は何もいわなかった。

「私はあなたとのこの時間をとても、とても大事にしてる」

「よく知ってる」

「無理をして保ってる心を揺らされたくない。彼女は、あなたのなに？」

「月子」

月子。

そう呼びかけられた声が、不意に月子には彼ではなく花の声に聞こえた。

『野の花、春』を置いた指がきれいな人を、花はカウンターに招き入れた。

まるで、こうして心を、月子の時を揺らすことを望むかのように。

「俺は月子が知らないことには答えられないいんだよ」

とん。

胸が凍る言葉とともに彼の指がテーブルを叩く音がして、テーブルにはスクラップブックだけが残った。

「白《シロ》」

足にやわらかな白の肢体《したい》が擦り寄せられる。

目を閉じて喉《のど》を鳴らした白は、笑っているように見えた。

「おいしいウェットフード、あげる」

手を伸ばして、月子は白を抱き上げた。

触らせてくれない猫だと思っていたけれど、最近の白は違う。白が変わったわけではない。

白と暮らして、二年以上が過ぎた。

一緒にいたのできっと、馴《な》れたのだ。

●思い出にもいないマーニー●

秋が深まっていくと、夜に訪れる寒さが心をひやりとさせていく。

「機嫌悪いのね」

無言で白い楕円の皿につまみを並べている月子に、花はカウンターに飾られた桑《くわ》の実色と緋色《ひいろ》のローズヒップを眺めて肩を竦めた。

花のニットは桑の実色のローズヒップと似て、きれいにくすんだプラム色だ。

「そんなことないよ」

秋の定番になりつつある茄子のペースト、青いオリーブに岩塩のきいたフォカッチャ。そこに固いギリシャヨーグルトと甘すぎない緑のぶどうに、オリーブオイルと塩をしたサラダを月子は添えた。

店内はよく見かける常連客で埋まってきていて、花の皿の支度が最後になる。

「すっごくおいしそうだけど、これこそがんばりすぎよ」

花の声に仕方なさそうな響きを感じて、月子の機嫌が余計に悪くなる。

けれど、わけをいわずに花の前で不機嫌なままでいることは、とても長続きはしない。

「こういう感情は久しぶりだ」

「いいんじゃない?」

どういう感情なのかを尋ねずに、花は白いヨーグルトと緑のぶどうを眺めていた。

「なんで」

「月子はなんだか、怒ってるみたい。それも結構本気で。久しぶりなはずよ。怒るのって力がいるもの」

いつもと同じトーンで花にいわれて、自分が本当に久しぶりに怒っていることにやっと気づいてただ驚く。

誰に、何に怒っているのか。

カウンターの端に立てられたままの『野の花、春』を、月子は見つめた。

「魔女のことも全然知らないみたいだった。いつもの女の子たちと違う」

彼が誕生日にくれた、彼が撮影した野の花が掲載されているこの本を、彼と仕事をしていた照瑠が気がかりだといった。

「カウンターに呼んだの、いやだった？」

「……隣にきたらって、お花はいつもいうから」

「いつもいうけど、なにか、彼女がいつもと違うのはあたしにもわかった」

「ならどうして」

隠さずに花が打ち明けるのに、月子の声がそれを責めてしまう。

「ここにきてほしいと思ったの」

するりと逃げるようにでもなく、けれど花はちゃんと理由を語ってはくれなかった。

「ねえ、このはりきりすぎのヨーグルトとぶどうのサラダ本当にきれい」

いつまでも見ていたいといって、花がフォークをつける。

「やだ、すごくおいしい。いいと思うわ。こういうの。泡が呑みたい」

花が今「いい」といったのは、サラダのことではなくむきになっている自分のことだと、月子にはわかった。

むきになっている。彼を知っていて、一緒に仕事をして、気がかりを残している人が目の前に現れて。

指だけでなく、照瑠はとてもきれいな瞳をしていた。

「ボトルのスパークリング冷えてるけど、別料金だし高いよ」

泡は機会があれば月子も呑みたいので置いてはいるが、泡なので開けたらできればその日には空にしたい。

「一人じゃ厳しいわね。こんななめらかな泡が欲しくなるようなサラダ作った責任とって、月子も呑みなさいよ」

「二人でも一本呑んじゃったらやばいけどね。呑もっか」

開けてもいいような気になったところで、カランとドアベルが鳴った。

「いらっしゃいませ」

顔を見せたのは、照瑠だ。

いつも指ばかり見ていたので気づかなかったけれど、照瑠は花がいっていた「すごく深い湖の底」のような碧《みどり》や翡翠《ひすい》色の服を纏っていることが多い。

すごく深い湖の底には、葛藤《かっとう》や隠された棘《とげ》がちゃんと詰まっていると花はいっていた。

青碧《せいへき》の透明さを今湛《たた》えているのは、月子だ。

「三人なら、一本でちょうどいいかな」

花に、月子はいった。

「いいの？」

花の問いかけに棘はない。

「照瑠さん」

いいのかどうかはわからないまま、透明な青碧の湖水の底に様々な感情を沈めたまま、月子は照瑠をカウンターに呼んだ。

「こんばんは」

きっと照瑠の纏っている布は、ロットの少ない滅多に見ることのない淡い翡翠色だ。

「お誘いしておいて高額なので、気が進まなかったら断って。お花と私でスパークリングを開けたいんだけど、三人目を募集中」

いたずらっぽく笑って、「あ、無理してる」と内心自分にがっかりしてしまう。

「このきれいなのはなんですか？」

きっと泡が合う花のプレートの白と緑を、照瑠は嬉《うれ》しそうに覗《のぞ》き込んだ。

「ギリシャヨーグルトと甘すぎないぶどうに、新鮮なオリーブオイルと塩を一つまみしたサラダ」

「サラダ？　すばらしいサラダですね。いきましょう、泡」

大きく微笑《ほほえ》んで、照瑠が花の左隣に座る。

座るときに、グレーに見えていた彼女のパンツが淡いローズだとわかって、照瑠に似合う特別なうつくしさに月子はため息を吐いた。

照瑠の目の前に、彼女と同じように特別にきれいに整えてしまった白いプレートを置く。

冷蔵庫の奥に眠っていた黒いすりガラスのボトルを取り出して、店内に響かないように屈んで月子はコルクをポンと開けた。

フルートグラスを三つ置いて、黄金の泡をゆっくりと注ぐ。

「乾杯」

小声で三人は、指先に持ったグラスをそっと近づけた。

細やかな泡は喉越しもきれいだ。

素焼きのシャンパンクーラーで冷やしながら、けれどゆっくり呑もうとボトルの栓をして、月子は二人に閉店時間を過ぎてもいいとそっと告げた。

まだこれからのお客もやってくるし、フロアからドリンクの追加もくる。

花と照瑠からもサラダの追加をもらって、月子も手元に緑のぶどうを置いた頃には店内には三人だけになった。

花と照瑠はその間思い思いの本を捲《めく》ったり、時々他愛《たわい》のないお喋りをしていて、月子も手が空いたときにはそのお喋りに入った。

距離や壁があって当たり前の間柄に思えるのに、不思議と気負いのない場になる。

「この間は緊張してしまって、気になったけど訊《き》けなかったんですが」

ゆっくり呑んでいたグラスで黄金の泡をもう一度作った月子に頭を下げて、ふと、照瑠が切り出す。

「照瑠さんは敬語じゃないと駄目なの？　かえって緊張しちゃう」

「本当は仕事くらいでしか敬語使わないです。使わない」

花の投げかけに、やわらかくチャーミングに照瑠はいい直した。

「魔女って？」

『野の花、春』を差し出したときに出た言葉を気にして、照瑠が花と月子に尋ねる。

少し困って、月子は花に説明を預けた。

「駅のコンビニで噂の魔女なの。あの本を買おうとすると、恋の悩みを解決してくれる魔女」

「という、駅のコンビニの都市伝説なんだけど。でもいろんな女の子たちがやってきて、楽しかったかな。楽しかったり、きれいだったり」

首を傾けた月子の言葉を、興味深そうに照瑠は聴いている。

「恋の悩みかあ」

「あるの？　照瑠さんは」

一応『野の花、春』を持ってきたからとそんな風に、花が尋ねた。

「つきあってるひとはいるけど、今は足踏みしてて」

いいながらふっと、照瑠の頰《ほお》から笑みが消える。

照瑠の左手の薬指には、細いローズゴールドのリングに小さなエメラルドが埋め込まれたリングがあった。凝《こ》った造りだし、とても彼女に似合う。

息を吞んで、月子はなんでもいいから話題を探して彼女が先を続けるのを遮《さえぎ》りたかった。

「わたし、月子さんを探してここにくるようになったの」

けれど深い湖の底のような、棘も葛藤も、きっとやさしさも愛情も両方を吞み込んだ瞳が、まっすぐに月子を見る。

「嫌だったら、本当に本当にごめんなさい」

大きな躊躇《ためら》いと、真摯《しんし》な罪悪感のようなものが、照瑠から月子に伝わった。

「何か、わけあえるような気がして」

口を挟まずに、花は気配さえ消すようにして二人を、ただやさしく見つめている。

「もしかして」

三年が経《た》って。

「彼の、昔の恋人、とか」

彼の話を月子は今、初めてちゃんと口に出した。

一人ではない場所で。

「昔の、です。でもやっぱり、昔の、なのにでも、なんていうか。……前に進めないような気持ちがあって」

きっといろんな言い方を考えてここに座ってくれているのだろうに、いざ話し出した照瑠は不意に似合わないしどろもどろになる。

「ごめんなさい」

それが彼女の誠実さを月子に教えた。

「それで私を？」

「月子さんと話したい気がして」

何処で、彼女は月子の存在を知ったのだろう。

けれどこの店の二階にも照瑠の写真があるのだから、照瑠の方でも月子を知る機会はいくらでもあっただろう。

彼は本当に呆れた雑な人だ。

「すごく気が長い。一年以上通ってくれてたよね」

きれいな指が、なにか心にかかる横顔が、月子も気になってはいた。最初から心をかけてくれていたなら、どんなに照瑠が月子を見ないようにしていたとしても、そんな思いは伝わるものだ。

それで月子も、照瑠が気になるようになった。きっと。

けれど照瑠が月子に話しかけたのは、一年経ってやっとだ。

「最初は全然、話せる気がしなかったんだけど」

何故今なのかはきっと、照瑠も説明はできない。

「……時間が、経ったもんね」

もし三年前なら、月子は照瑠に話しかけられたら叫んだかもしれない。

二年前、店を始めた頃の記憶はただ「バタバタ」だ。

一年前でも、まだ早かった。

「何をわけあいますか」

ではと歩み寄って微笑んだ月子に、照瑠も笑う。

けれどももちろん、簡単に「何」とお互い出てくるものではない。

「わたしたちだから話せることは」

いい出したのは自分だからと気負って照瑠は、困ったように口を開いた。

「彼の悪口くらいしか思いつかないんだけど」

真顔でいった照瑠に、月子は噴き出した。

「やっぱり存在感のあるマーニーね」

穏やかに長い息を吐いて、花も笑っている。

「え、『思い出のマーニー』？　わたしはどっちかっていうと……子どもの頃はかなり激し目のアンナで」

マーニーではないと首を振った照瑠に、月子と花は顔を見合わせた。

「月子もアンナだったたっていうのよ。すごいわ。……彼、ある意味好みがかなり一貫してる。本人たち的にはどうなの？　それって」

「微妙」

「微妙」

花の問いかけに、月子と照瑠の声が重なった。

それで三人で、声をたてて笑う。

「お花はアンナが大嫌いだっていうんだよ」

「ええ大嫌い」

「大嫌いなのもわかる。子どもの頃わたし、自分が好きじゃなかったから。自意識過剰な子どもだった」

それは私もと、月子は照瑠に頷いた。

固い白いヨーグルトと緑のぶどうがすっきりとおいしい。時々舌に触る岩塩が、泡を誘った。

確かに照瑠と月子は似ている。同じ本を読み、少女の頃は同じアンナという自我だ。

それでも、ただ話しかけるために探して会いにくるだろうかと、月子は惑いはする。自分ならそうしただろうか。それはわからない。

けれど店に通うようになって一年も迷っていてくれたことはありがたいし、よく理解できた。

かえって心に障らないか、傷つけはしないか。

それは月子でも迷う。長い時間迷う。

一歩踏み出してくれたのは、たまたまではない。きっと、注意深く照瑠は月子を見ていてくれて、今だと決めたのだ。

彼女といた彼への信頼が、否応《いやおう》なく生まれた。

●二階の山男●

楽になっていく自分を、許せなくはない。

「したたかに酔ったので、珈琲でいい？」

いつも通り、テーブルの向かいに座っている彼に尋ねて月子は珈琲を置いた。

白いマグカップに一人分。

「夜の珈琲は好きだ」

なんとか彼の声が聴こえた。

水を呑みながらゆっくり一本を三人で空けたので、本当は月子は酔っていない。照瑠は何かふわっとした様子で立ち上がったので、「駅に用事があるから」と花が一緒に往来に出てくれて月子も安心できた。

店を閉めて、もういない二人を気にして一旦《いったん》外に出てから二階に上がろうとして、青いポストに手紙が落ちていることに気づいた。

この家を譲ってくれた、叔母からの手紙だ。

叔母はこうしてたまに絵葉書だけではなく手紙をくれるので、月子は叔母のためだけにペーパーナイフを持っている。

今どき便箋《びんせん》に万年筆で長文を書いて封筒で投函《とうかん》する叔母は作家なのだと、手紙を受け取るたびに思った。

「私の父親にいわれて書いた」

中から取り出した便箋を開いて、当てるように月子はいった。叔母は、月子の父の妹だ。

「手紙を書きたくて好きに書いた字はまったく違う、と思う」

叔母の手紙を月子は一つの小箱に入れていて、その中から過去にきた手紙や葉書を拾い上げる。

「安曇野《あづみの》はうつくしいです。ヴァンス村はうつくしいです。マティスは好きですか。字が落ちついててとめハネが適当。今日のは、いわれて書いた手紙だ。筆圧がやけに高い」

今日届いた手紙を、一度だけ月子は読んだ。書かされた手紙は一度読めば充分だろう。

この家を叔母が月子にくれるといって、月子がバタバタと店の準備を始めたとき、両親は叔母に感謝していたと記憶している。バタバタと動き出すまで、月子はたった一つの吉報を待ってただ俯《うつむ》いていた。

仕事も辞めて、一年近く、山から彼が帰還したという知らせを待つことしかしなかった。視線が落ちたままでいる月子に会った叔母が、「ねえ、いいものをあげる」といった。

叔母は本当に何処にも帰らない人だったが、思えばあのときは月子の父親に頼まれたのだろう。なんとかしてやってくれと。

「私にはいい父なんだけど、自分の妹には勝手だな。助けてもらっておいて、私が永遠にここにいるように見えたらそれはそれで不安になって叔母に手紙を書けとせっついた。と思われる」

「なんでそう思うんだ？」

「『いろいろいわれても無視しなさい。好きにしなさい。それから親のように扱えといったけど、親のように扱わなくてよし。私はそこには戻らないし、自分のことは自分で看取《みと》る』……すごいことというなあ。叔母は私の親にいろいろいわれて、全然違う手紙を書いてきたんじゃないかな？　心の底から怒ってるから筆圧が高い」

その筆圧の高さが頼もしくて、月子にはありがたかった。

「叔母には歳《とし》の離れた姉がいて……世田谷《せたがや》の伯母だな。その姉の時代は女は家に入るのが当たり前だったんだっていってた。姉は学ぶ人だったのに、だから私は家というものが愛せないって。それでちゃんと家を捨てたんだな。強い意志で。手続きもしっかりして」

叔母の裏書に住所があれば、いつも月子はすぐに返事を書いている。すぐに書かないと叔母はまた何処かに移動してしまう。

小箱には、叔母に返事を書くためのレターセットを入れていた。真っ白な紙に青い燕《つばめ》が横切る便箋と封筒だ。鳥は叔母のイメージだった。

返信を書くためにペンをとる。

「『もう、家なんか全部捨てていいんだよ。親はいないんだから、厳密にいうと兄ですね。心置きなくお捨てください。姪《めい》には時々、手紙をくれたら嬉しいけど。それに叔母さんももっと老いる日はくるでしょうから、まあまあの恩返しはそのとき考えるよ』」

ゆっくり言葉にして書きながら、なるほど祖母はこの価値のある土地と建物を無理矢理娘に相続させたのだと、よくよく腑《ふ》に落ちた。

時を経て、彼女の姪である自分が「家を捨てていいよ」とその娘に手紙を書いている。娘が家を捨てる日を恐れたのだろう祖母は、もういない。

指先から辿《たど》る文字で、筆圧の高い手紙を未だ書かざるを得ない一人の人を、もしかしたら自分が自由にできるのかもしれないと思ったら月子はそれを幸いに思った。

叔母と月子のやり取りは、家族には想像がつかないだろうけれど愛情だ。

「叔母さんと仲がいいんだな」

「子どもの頃はただの仲間だと思ってた。あ、それは今もだな。ただの仲間の私が生まれてきて、叔母は家を手放して」

彼に問われて、「それでよかった」といおうとして月子は言葉とペンを止めた。

この家を、思いがけず月子は叔母から譲り受けることになった。それは一年も目線を落としたまま多くの人に心配をかけた中でのことで、普通なら止めるであろうすべての人が止めないという特殊な状況で起こった出来事だ。

嘘みたいな話だし、本当だろうかと月子自身時々思う。

家を譲り受けてから、一度も叔母に会っていないというのもあった。

「あなたがそこにいるから」

自分の母親からこの家という楔《くさび》を打たれてから初めて、彼女は自由になったのだ。一切の権利を軽やかに手放した叔母の姿に、今なら大きな翼が広がるのがちゃんと見える。

「こんなにも存在感のある叔母のことまで幻だと思いそうになる」

叔母には翼があるから鳥のイメージなのだと、便箋を選ぶ理由を今頃月子は知った。

「幻か」

「幻か、またはよかった探し。私に叔母がいてよかった。叔母に私がいてよかった」

「月子そんな性格だったっけ？　よかった探しする？」

「照瑠さんに会えてよかった」

自分に出会う前に彼が愛した人に、出会うはずがなかったのに月子は出会い、今日は花と三人でスパークリングを一本空けた。

「よかったならよかった」

「わからない。私はあなたが山に行ってからずっと、これでよかった、に辿り着くルートを探していて。これでよかったって着地しようとしてるから」

叔母への手紙は、朝続きを書こうと月子は小箱にしまった。

「でもあなたのことだけは思えない。どうしてもこれでよかったと思えない」

いつもと同じ筆圧で手紙を叔母に送りたい。

今は無理だ。

もともとそうなのか、それとも三年前からなのか、照瑠は時々目線を手元に長く落とす。

何か、声にならないことを胸にしまっている。

きっと月子も長いこと同じ場所を見ていた。

テーブルに重ねてある山の専門誌を、月子は開いた。山の危険さ、過酷さ、不安定さ、それらへの警鐘がそこかしこに書かれている。

彼は、山野に分け入って誰も見たことがない花が独りで咲いているところが見たいと望んでいた。新種に出会うことはなかったが、人目に触れることの少ない花を見つけて、花を見つめ、花と戯《たわむ》れ、花の写真を撮っていると月子は疑いもしなかった。

彼が帰らなくても、最初の冬がくるまではあたたかでやさしい水彩画のような想像をした。

青く晴れた透き通るような空に時折雲が通り、緑の野に花の咲く中、彼は仰向けになっている。雲が流れるのを眺めて、うたた寝をしたり月を見たり。

楽しくやってるんじゃないかと俯く月子に冬が訪れて、絶望した。

「もっと山の話を聞くべきだった」

「べきって」

「あなたがちゃんと話してくれたら私は怒った。この雑誌は恥ずかしいから読まないでほしいといわれて、私は読まないって約束をちゃんと守ってた」

「恥ずかしかったよ」

「それは嘘だ」

彼は山に固執していないという嘘をついていた。

読まないでほしいといわれていたこの雑誌をちゃんと読むと、彼が山に対してどれだけ傲慢《ごうまん》だったのかを知ることになった。

やさしい人だった。対話できる人だった。愛し合える人だった。

なのに彼は山の覇者《はしゃ》になれると驕《おご》っていた。

「あなたのことを、これでよかったと思えるルートがない」

山の本によく出てくる「ルート」という言い方を、月子はした。

けれどいつかは何かを納得しなくてはいけない。後悔を少なくして、これでよかったんだといいたい。人はそんなに重い荷物を持って歩き続けることはできない。

だからたくさんのルートを探す。

傷ついて絶望して何を失ったとしても、それでもこれでよかったといえるルートを探し続ける。

それは荷下ろしのためのルートでしかない。

「彼女は何故、私に会おうと思ったんだろう」

まなざしを手元に落とす照瑠も、何か重荷を持っている。きっと。

「同じアンナなのに、そこだけわからない」

目線が下がった先に指があるから、きれいな指に月子はすぐに気がついたのかもしれない。

「同じアンナかな」

「違うの？」

ふと、まったく違う話が始まった。

「少なくとも誰も何も同じじゃあない」

「『思い出のマーニー』読んだ?」

「ああ」

「そんな話初めて聴いた。『赤毛のアン』は読まなかったのに?」

「どっちも主人公は空想するけど、全然違う話だ。それに、マーニーはアンナの空想じゃあない」

ちゃんといると、彼はいった。

マーニーの存在については、月子はあの本を思うたびに揺れる。

「マーニーはアンナのおばあさんだったけど、そんな話じゃないような気がしてる、私は。あの物語は説明するのがとても難しい」

自分に説明できるような物語ではないと、月子は『思い出のマーニー』を思った。

「月子がどんな話だと思ってるのか、がんばって話してみて」

珈琲の湯気の向こうで彼が笑う。

「アンナはマーニーを望んでるけど、マーニーは空想じゃなくて何十年か前に実在した少女の頃の祖母で。アンナの祖母も、母親も、親の愛情を知らないまま育って」

湯気の向こうなので、彼の顔がよく見えない。

「長い長い、愛情を知りたいっていう少女たちの望みを、やっとアンナが叶える。結実させる。もういないマーニーも一緒に、願いを叶えられた」

そういう複雑な話で、「マーニーはアンナの祖母だった」の一言では月子には終わらせられない。

「誰かの思い、思念みたいなものが、残ったのかな。アンナの、アンナの母親の、マーニーの強い強い飢《う》えが残って、長い時間を経て満たされた」

満たされた。そのことにはきっと、間違いがない。

「私、最後の最後の章のタイトルが、あの題だっていうだけで涙が出たんだ」

自分にとって『思い出のマーニー』はどんな物語なんだろうとゆっくり回顧して、その言葉が無意識に落ちた。

「『ワンタメニーへのさようなら』？」

彼はきちんとその章の題をいえた。

いえることが不自然だ。

ワンタメニーは、アンナが夏中滞在している町にずっと存在している年配の男だ。十一人兄弟の末っ子で、「一人余計だ」という意味をもじってワンタメニーと親に名づけられた。

恐らく、もしかしたら少し、違いがある。

ワンタメニーはずっと船を漕《こ》いでいる。

「うん」

アンナとマーニーの物語なのに、最終章は「ワンタメニーへのさようなら」だ。

「ワンタメニーは確かに存在してるのに、ワンタメニーこそ誰からも見えていない人みたいだった。だけどマーニーもワンタメニーを覚えていて、気にしていて」

マーニーの記憶にも、幼い頃のワンタメニーがいる。

「アンナがワンタメニーにちゃんとさようならをいえたとき、アンナは内側と外側の間にあると思っていた壁を消せたと、私は思った。その壁はあるんだ。人は人と自分をわけてしまう。だけど誰にでもその壁が消せるわけじゃない」

その壁にはきっとたくさんのネガティブな名前がある。容易になくなる壁ではない。

「同じ地平に立てた。アンナはワンタメニーとも、マーニーとも」

「さようならがいえた。さようならをいうべき人だと、ワンタメニーは人なんだと、アンナは気づけた」

自分の声なのか彼の声なのかわからない言葉が、月子の耳を触っていく。

「私、誰と話してる？」

笑おうとして、無理はできずに月子は珈琲を飲んだ。

このまま時を重ねていくと、ただ居心地のいいだけの彼になっていく。欲しい言葉をくれて、したい話ができる物分かりのいい彼に、もうなっている。

寂しい。

「一緒にごはん食べなくてもいいね。別に」

珈琲は月子に、息をつかせてくれた。

「珈琲で充分」

あんなに絶望していたのに、深い呼吸ができるようになった。

「白」

立ち上がって、月子は向かいの椅子《いす》に眠っていた白を抱き上げた。

会話の終わりを告げる彼の指の音はなく、白を抱く。

白と出会って、そうしたのは初めてだった。

「いやか」

不機嫌そうに半目を開けた白が、月子の胸を蹴る。

「起こしてごめん」

思いのほかしっかりした足音で、白は床に跳んだ。

●女たち●

緑のぶどうは季節が長い。まだ充分に旬といえる十月、ようやく夜には冷たい風が吹くようになってきた。

「何着たらいいのかわからない季節到来だ」

「朝昼夜」の夜の店内を見渡して、シャツ一枚だったりニットだったりパーカーだったりするお客たちに、月子はカウンターの中で肩を竦めた。

今日月子は出入り口の横に、「ご自由にお使いください」と札をつけて籐《とう》の籠《かご》に入れて何枚かのハーフブランケットを置いた。

月子はブルーグレーの綿のシャツにチノパンで、いつものデニム地のエプロンだ。

「本当に」

相槌《あいづち》を打ったのは、椅子の背に脱いだビリジアンのジャケットをかけた照瑠だった。

「あたし、春と秋のナニキタライイノカワカラナイ季節は、毎年その日着たものを写真に撮って気温をメモしておくの。ちょうどよかった日にね」

「え、わたしもやっていい？　お花さん」

「お花。私その話を聞く機会、何万回もあったはず……」

程よさそうな花の厚みのニットは、色合いもローズタンドルと、秋めいてきた気候によく似合っている。

「月子はお店始めてからずっと麻か綿のシャツにパンツじゃない。青やグレーやベージュか緑。いいわね。アースカラー。あたし地球の色が似合わないから憧れるわ」

「地球の色って」

くすりと月子は笑ってはみたけれど、最近の花はたまにこうしてぼやく。今まではなかった、少し本気のぼやきに聴こえる。

どんな風に聴いたらいいのか、月子はまだわからずにいた。

「お花さんみたいにきれいな色が似合うのもすごいと思う。いつも本当にきれい」

「そうだそうだー」

丁寧にきれいな声で照瑠がいうのに、丸いタルトをカッティングボードに置きながら月子は右手を拳《こぶし》にして二度振った。

照瑠が店にくるペースは、話す以前と変わらない。読みたい本がたくさんあるからといって、ほとんどを元の席で過ごす。だから金曜日の夜だけカウンターに座らせてほしいとスパークリングを空けたあとに彼女がいったのは、月子にも花にもとても好ましい申し出だった。

彼女の何もかもが程よい。

「ありがとう。……そういえば照瑠さんは」

ふと、花は左隣の照瑠を長く見た。

その続きは月子もわかった。

こうして照瑠と話すようになってひと月が過ぎたけれど、照瑠は一度も花の性別について言及しない。

「時代かしらね」

問わずに、花は「いい時代」と白ワインが満ちた白い蕎麦猪口を手にした。

「いいえ」

ふと、少しだけ毅然《きぜん》としてしまった声を、照瑠が聴かせる。

「いつだとしても、すべてはお花さん自身のことでしかないから」

そばにいる他人である自分からは何を尋ねる権利もないと、照瑠は問われなかった「何故何も訊かないのか」の答えを告げた。

「……ありがとう」

らしくなく少し頬を緩めて、花は笑った。

自分より余程照瑠は、自分と他人についての境界線と思いやりがしっかりあると、月子は知ることになった。

月子は花と二十年のつきあいなのに、「花のこと」の聴き方がまだわからないでいる。

――その壁はあるんだ。人は人と自分をわけてしまう。だけど誰にでもその壁が消せるわけじゃない。

アンナの話を、彼とした晩のことを思い出した。

照瑠と会えてよかった。照瑠が彼の過去からきた人だと気づいた最初の強張《こわば》り、拒絶を、月子は今も覚えている。

会って話してしまえば、それらは瞬《また》く間に清い水に流れていった。

「初めてじゃない？　スイーツと珈琲でワンプレートワンドリンク」

白いあたたかなざらついた皿に、照瑠のために切った無花果《いちじく》のタルトを月子が置く。

タルト生地に、干した無花果がアーモンドクリームと一緒に混ぜ込んであって、生地の上にはフレッシュの無花果をスライスしてきれいに丸く並べて焼いている。シロップでコーティングせず、焼く前にラム酒を振っていると花は説明してくれた。

「初めて。夜はどうしても一杯呑みたいんだけど、お店に入ったら無花果が目に入って。きれいだしおいしそうだから」

「珈琲じゃなくてワインにする？　合うと思うけど」

「なんてありがたい選択。はい、ワインでお願いします」

一瞬も迷わず頭を下げた照瑠に、月子はカウンター下の冷蔵庫から無花果に合いそうな酸味の少ない白ワインを取り出した。

白い蕎麦猪口にワインを注いで、ふと、そろそろアルコールはすべてグラスに変えてもいいような気が、月子はした。厚い、割れにくいものを選んで、透明なグラスに白ワインを注ぎたい。

そんなに簡単に割れないし、グラスの方がワインはきれいだ。

「本当にきれい。いただきます」

うつくしさをじっと見つめて、照瑠はゆっくりと無花果のタルトをフォークで割った。大きな塊《かたまり》を大胆に口に頬張って、無言で味わっている。

飲み込んでから、照瑠は後口を白ワインと交えた。

「甘すぎなくて、本当においしい。無花果の味なんだけど……なんだろう？　ラム酒？」

「当たり」

少し困って、月子はそれでも答えた。

嬉しそうに照瑠が器を手にする。

「焼かれたラム酒が無花果の香りを出してる。これはね、確かに白ワイン合う。とっても月子さんらしいタルト」

穏やかに、きっと思ったままを照瑠はいった。

否応なく、月子と花の目が合って、仕方なくお互い苦笑する。

そのうち教えると花が月子に約束してから、時間が経った。二人ともそれなりに忙しい

から と心で月子は言い訳をしたけれど、躊躇いがまだ両方にあるのは当たり前だ。

月子らしいタルトだと、照瑠はいった。

焼いていないのに、月子にもそう思える。ちゃんと訊いたことはないけれど、花は「月子が焼いたように」考えてくれている。

はみ出したガトーウィークエンドシトロンは、まるで月子ではなかった。

月子が焼いたように花が焼いてくれているのだから、きっと、月子はいつかこの無花果のタルトが焼けるようになる。

同じことをいま花が思っていると、月子は感じていた。

照瑠のやわらかな言葉が今、月子と花の足踏みを一歩進めてくれた。

魔女の話を花がしたときに、照瑠がいった言葉だ。ローズゴールドの細いリングは、いつも静かにきれいなエメラルドを湛えている。

足踏みしてて。

照瑠のうつくしさに、似ている。

「訊いても、いいかな」

やっぱり、月子は自分なら月子を探して会ったり話したりしないと、何度でも思った。

会いたくないのでも話したくないのでもない。昔の恋人の、最後の恋人に会おうとは思いつかない気がした。

「……うん」

物分かりよく頷いた照瑠には、何か足踏みをしている照瑠だけの理由がある。

もしかしたら、三年も。

「どうして、別れたのか訊いてもいい？」

自他の区別がきちんとしている照瑠に対して、真逆の行いだと恥じながらそれでも月子は訊いた。

「そのまま、話しても大丈夫？」

別れなかった月子を、照瑠が思いやってくれた。

「そういわれるとわからないけど、聞いてみたいかも」

浮気されたとか、その浮気相手が実は月子だったとか、受け止めきれない話が出てくることもあり得なくはない。

けれど照瑠を知って、そんな可能性は限りなくゼロに近いと月子には思えた。

彼の方についていては断言できない。

何故なら月子は今、三年が経って彼のことがよくわからなくなっている。

「わたしが手配した切符を持って颯爽《さっそう》と旅立って、いつも帰るまでそれっきり。ハガキくらい書いてってていって、うんわかったっていうけど、ハガキは一度もきたことがない。花の写真以外彼が何をしてるのかわかるものがなくて。もう待てなくなった」

感情は、照瑠の声にはもうのらなかった。

とても彼女に似合う指輪を渡して、足踏みを待ってくれている人がいる。愛情はきっと、もうとうに別の方角を向いているのだろう。

「そっか。私もいつもすっかり忘れられたよ」

彼に心が残っていないのなら、照瑠の足踏みはどうしてなのだろう。

「月子さんは、いやじゃなかったの？」

「……こんなに長くなければね」

まだ待っているようなことをいっている。ふと外から見ているように、月子は自分の声をそう聴いた。

「『野の花、春』。やっぱりわたしが買ってもいい？」

カウンターの隅《すみ》に立てたままになっている背表紙を、照瑠が見る。

照瑠のいった「気がかり」は、月子のことだ。

「照瑠さんに背負わせられないよ」

照瑠は月子を案じてくれている。

「ならあたしが買う？」

月子と照瑠の痛みのやり取りを見かねたように、花が口を挟んだ。

みんな、少し本気だ。

ギスギスではない。痛みのやり取りだ。痛みのやり取りは、誰も望んでいない。

「できれば、一度も傷つかないで最後まで聴いてほしい」

顔を上げた照瑠は、見たことのない必死の目をしていた。

「がんばる」

聡明な照瑠が背負っていた荷の話を始めたのを知って、神妙に月子が頷く。

もちろん大きな緊張を持って。

「三年前の八月十日の夜、電話がかかってきた。『蠍《さそり》が燃えてる。きれいだなあ。ほんとうなんだなあ、蠍はずっと燃えてるんだなあ』」

蠍が燃え続けているのは、『銀河鉄道の夜』の中の一場面だ。

罪科《つみとが》のために、赤い蠍は銀河で永遠に燃え続けている。生きたまま。

「『月子、なんだか楽しくなってきたよ、俺。ここにおまえがいたらいいのになあ月子。月がきれいだぞ月子』」

彼の言葉を伝えている照瑠は今、息ができていない。

「酔っぱらってるの？　と冷たい声でいったら、声が聴こえにくくなって電話が切れた」

どうか息をしてほしいと、月子は照瑠を見つめた。

「しばらくして、彼が帰らないことを、知って。た、ち、つ、て、そうか。つきこ、てる」

「間違い、電話」

自分が受けるはずだった蠟が燃えている電話を、アドレス帳からの間違いで照瑠が受けた。

恋人同士なら、履歴にすぐに月子がいてもおかしくない。けれど履歴に自分がいなかったのは月子が一番よく知っている。山にいなければ彼は月子と同じ部屋にいたので、電話をすることはほとんどなかった。

そして山にはいつも行ったっきりだ。

「それで、『つきこ』を探し始めた。月子さんがこのお店を始めたときに、彼の仕事先の人がすぐに連絡をくれて」

多分、探し始めたら照瑠はすぐに「月子」に辿り着いた。仕事を辿ると狭い人間関係だ。辿り着いたけれど、訪ねなかった。「朝昼夜」にも、すぐにはこなかった。

このカウンターに『野の花、春』を持って歩み寄ったのは、先月。

照瑠が間違い電話を受けてから、三年と一か月が経っている。

伝言できるまでは、三年と二か月だ。

「伝言するかどうか、ずっと、悩んでた。でもうまく伝えられない気がしたから……ああやっぱりこなければよかった。ごめんなさい。わたし」

頭を抱えて、照瑠は財布を出そうとした。

「帰らないで」

「……だけど」

「待って。帰らないで」

山から帰らなくなる前に彼が、月子に滅多にしない電話をかけた。

赤い蠍が燃えているのがきれいで、月子にも見せたいと、そういって。

三年前に聞いたら月子は胸が詰まって息ができなかった。間違いなく息が止まった。

どうして電話が途絶えたのかはきっと、照瑠も同じ想像をしている。充電か、電波か、どちらかが途絶えたのだろう。

重荷を背負ってきたのに、照瑠はまだ下ろせていない。下ろす気は最初からない。

「私、最近山の雑誌を読んでるの。毎月。定期購読してる」

うまく呼吸ができていない、照瑠に、月子は告げた。

驚いた顔をしたのは、花だ。

「なんで読んでるんだろうって、自分でも思ってるよ。彼は山の人々からずっと非難されていて、今も非難されてる。そんな彼を知らなかったから驚いてるし、山の厳しさにも驚いてる。俺載ってるけど読まないでほしいって、いわれてた雑誌なんだよ」

読んでたら大喧嘩《おおげんか》になってたと、月子は苦笑した。

「幻覚、見るみたいだね。山で迷うと人は簡単に」

「……わたしも、あとになって知った。捜索隊とか、ヘリコプターとか、山小屋とか、見るって」

山の雑誌の中で、遭難して帰還した人々は、「今も本当に見たとしか思えない」と幻覚の体験を語っている。

遭難して幻覚を見る理由は様々あるようだった。低体温、低血糖、もちろん大きすぎる不安も幻覚を呼ぶ。

「私、今、彼に呆れてる」

主語と、誰の話をしているのかを、月子ははっきりさせた。

「山で迷った人が見た幻覚のほとんどは、助けなんだよ？　なのに蠍が燃えてるって。人の助けを待ってない。その幻覚。彼らしくて呆れる」

そして電話は、最初にかける先が他にある。

かけるべき先に彼がそのとき電話をしたのかどうか、月子は知らない。行方がわからない、山に入ったけれど帰ってこないとはっきりしたのは、夏が終わる頃だった。

「私にも見せたかったのか。そっか。呆れるけど、嬉しいよ。教えてくれて、ありがとう照瑠さん」

呆れた人だけれど、ちゃんと愛されていた。

彼が山でどんな人であろうと、山を下りた彼と一緒にいた月子には愛する人であったことは何も変わりない。

間違いなく愛があったことを知れてよかった。

「本当に？」

「たくさん、迷ってくれてありがとう。たくさん迷ってくれて、今だから私、こんな風に聴けてるんだと思う」

「本当に？」

「本当に」

何故山にいる彼はこんなにも自分が知ってる彼と違うのだろうと、月子はずっと惑っていた。誰よりもわかりあえていると信じていた彼は、まったく理解できない行動をしていた。

月子ではない人々の方を向いている彼と、月子の方を向いている彼と、どちらが本当の彼なのだろうと惑っていた。

どちらも彼だ。そういうこともある。

一つの荷を下ろして、月子は深く息をついた。

そして今度は、間違い電話の伝言をずっと抱えていた照瑠の呼吸を取り戻したい。

「照瑠さん。私は駅のコンビニで女子高生に噂される魔女だよ」

ちらと、『野の花、春』を見て、言葉とは裏腹に真摯に月子が笑う。

「もっと気軽に話して。あなたの気持ち。コンビニ魔女だから、私」

あとから、月子も知った。山の幻覚、彼の山での態度。彼が帰らないことに人々が気づいた頃には、とうに手がかりさえなかったとは聞いている。

きっと照瑠も、段々と山で彼に何が起こったのかを、知っていった。

「もし」

やっと小さく呼吸した照瑠の声を、月子は待った。

「携帯が繋がってたあの夜に、異変に気づいてわたしが通報していたら」

震えた声が、途切れた。

八月十日は、まだ誰も、彼が道に迷っていることに気づいていない。携帯の電源が入っていた。

もし照瑠が警察に電話していたら、その日から捜索が始まって、もしかしたら彼は、山から帰った。

「私でも、同じことをいった。酔っぱらってるの？　そういって電話を切った」

深く息を吸い込んで、はっきりと月子はいった。

「幻覚にも異変にも、気づけなかった。私も絶対に気づけなかった」

深い呼吸は、月子を強くする。

「読むなっていわれてた雑誌を読むようになって、初めて幻覚のことを知ったの。彼の山での態度も。彼は山の話を全然してくれてなかった。三年前の八月十日、私は何も知らなかった」

「同じ、ことを？　本当に？」

「本当だよ。つらい、つらい足踏みをしていたんだね。照瑠さん。もうその足踏みは、やめて？」

カウンター越しに手を伸ばして、緑の石のある指の前に、月子は自分の手を置いた。

「照瑠さん」

俯いてしまいそうになる照瑠に、花が呼びかける。

「重荷を、長く持っていてくれて、ありがとう」

すぐには意味のわからないことを、花はいった。

「ごめんなさいあたしは月子の親友だから。もしその電話がちゃんと月子に届いてたらって思うと、とても怖い。あたしは月子を失ってたかもしれない」

花が今想像したことを、月子も想像した。

「そうだね。そのときの、恋人だから。誰よりもお互いのこと理解してるって思い込んでる恋人だから。私同じ電話受けてだいたい同じ対応して、そしたら今生きてないと思う。先に電話をするとこあんだろって三年前は思えないし、その電話をしない彼の傲慢を全然知らなかったから」

三年経って、彼が段々わからなくなったので、手がかりを探して月子は山の雑誌を読むようになった。

うつくしいこと、やさしいこと、楽しいことだけを、ひたすらに見ようとして「朝昼夜」を始めた。白に出会って白の丸いあたたかさを借りて、同じレコードを繰り返し再生するようにただ愛《いと》おしいだけの彼と二階で過ごした。

それでよかったはずなのに、何故山の雑誌を読むようなことを始めたのかわからなかった。

山の雑誌を読んでいてよかった。

顔を上げて世界の方を見始めたことで、助かった。

照瑠と月子が助かった。

でも最初から見られたわけじゃない。世界の方角は。

手当てをした。手当てをされてやっと、顔を上げて世界を見た。

花にも、叔母にも、たくさんの人に手当てされて、自分でも自分を手当てした。それを誇ろうと、月子はさっき照瑠に注いだ白ワインを自分にも注いだ。

「あんまりよくいいたくないし、あんまり悪くもいいたくない。ちゃんと思い出せば、特にいいわけでもないところも、悪いわけでもないところもたくさんあった」

誰よりもわかりあえているというのは、月子の思い込みだった。

何もわかっていなかった。

それでも愛したまま、きっと愛されたまま、帰ってこなくなってしまった人だ。

「困った人だ」

どうすることもできない。

「ねえ」

いつもより少し高い声を、花は聴かせた。

「今日は悪口にしましょうよ」

「うん。そうしよう」

「わたしもいいたい。悪口」

花の提案に月子と照瑠が同意して、「白ワインを追加」とカウンターの二人はやっと笑った。

「山男じゃないふりしてたけど、山男だった。アーティストだって、自分のこと。大ウソだったよ」

「どっちも彼なんじゃないの？」

「お花さんがいい出したのに、庇《かば》うのはなし。口だけだった。なんでも口だけ。ハガキ一枚出さないんだから」

もっともらしいことをいった花に、照瑠がやっとちゃんと息をして口を尖《とが》らせる。

「わたしのことなんて、思い出しもしなかったんだろうな。山では」

照瑠は、彼をわかっていない。

「忘れるんでしょうねえ」

花も、彼をわかっていない。

「山の中で、どんなだったんだろうね。とりつかれてたっていうか、ずっと山にいたかったのかも」

月子も、彼をわかっていない。

もう帰らない人のことを、みんなわかっていない。

みんながわからないのだから、そういうものなのかと思える日もある。

人と人が違うことを認め合おうと必死な日もあるのに、同じであることが今は月子を助けている。

「赤い蠍か」

そういう日もある。

「ぶどう、これでおしまいだから」

サービス、と月子はぶどうとギリシャヨーグルトのサラダを小さな皿に三つ盛って、花と照瑠と自分の前に置いた。

「ありがとう。きれい。もう終わりなの？」

最初はがんばりすぎよといった花が、サラダを惜しんでくれた。

「旬のうちに終わり」

がんばりすぎといわれた通り、月子はこのサラダは無理をして捻《ひね》りだした。照瑠が現れて、身構えたのだ。何か奪われると勘違いをして武装した。

「本当においしい。わたしもまた来年、食べたい」

よく似合う翡翠のぶどうを口に入れて、飲み込んでから独り言のように照瑠が呟く。

独り言のように照瑠がそういってくれたことが、月子は嬉しかった。

彼女はきっと、またこの店にきてくれるだろう。足踏みしながら一歩ずつ進んで、生活が変わっても時々は会える気がする。

わけあいたいと、照瑠はいった。それは本当だった。

「もっと寒くなったら煮込みを作るから」

またきてと、いわなくても大丈夫。

同じ地平だ。

ふと、自分の言葉や行いから、嘘が少なくなっていると月子は気づいた。

なくなりはしないのかもしれないけれど、ゆっくりと減っている。

それは月子をとても楽にした。

に。

●二階の山男●

「もういないかと思った」

二階のドアを開けて、いつものように椅子に座っている彼に、月子は苦笑した。

山の中で、どんなだったんだろうね。

彼の話をするのに過去形を使ったとき、過去形を使おうと月子は意志を持っていったの
「そう簡単にはいなくならない」

「まあ、それはそうだ」

最後に残ったひと房のぶどうを小皿に載せて、テーブルに置く。

今日また、叔母から手紙がきていた。

「『感慨深いね。生まれた時を覚えている姪に、自由の証文を渡されるとは』。待て待て私は簡単に証文を書いたりしない。作家の文章だな」

作家の文章だが、月子が書いた手紙の通りに叔母が受け止めてくれたとはわかった。

「叔母さんがこの家を私にくれるっていい出さなかったら、どうしてたんだろう。今頃。まあ、お花はいてくれただろうけど。お花にもっとたくさん背負わせてたんだろうな」

それはいいことではないので、叔母には本当に助けられたとつくづく思う。

「照瑠さんは苦しんでた。月子、照瑠。もう文字もろくに」

見えなかったの？　といいかけたら、胸が苦しくなった。

「あなたが勝手だから、私も苦しんでる」

彼を責めようとして、いつもより鮮明なその輪郭《りんかく》を見つめる。

「そうか」

少し忘れ始めているような気が、最近はしていたのに。

「あなたはもう苦しくないんだ」

昨日別れたように、彼のまなざしが随分と穏やかだ。

「もう息ができないいんだものね」

声にして、確かめるように月子は自分の言葉を聴いた。

「だから私たちで苦しんで、私たちで息をしてる。私たちで……」

責める気持ちはもうない。

「なんだろ。結構楽しくやってるよ」

「そうだろうな」

「うん」

昨日も話したように、彼と話す。

「息をして時が流れたら、否応なく私たちは立ち直る」

けれど昨日彼と話していないと、月子はちゃんと知っている。

「私たち？」

「大変な女の子たちは、時が流れたら立ち直るんだよ」

知っていて、噛《か》みしめていた。

「あなたは幻だけど私は生きていく。お花が幻だったら生きていけない」

「矛盾《むじゅん》してないか？」

「いいんだ。世界はそんなに矛盾なくできてない。辻褄《つじつま》なんか合わない」

軽口に、月子も軽く、笑った。

これでよかったといえる荷下ろしのルートを、歩いている。どのルートを辿っても、後悔をしてもしなくても、よかったといえてもいえなくても。

「あなたはもういないのであなたの問題ではない」

思考を、言葉が追い越していった。

「私の問題でしかないんだ」

どこかに辿り着いたのをはっきりと知る。

白を抱こうと、月子は椅子から立ち上がった。

「本当に俺のこと、自分の見てる幻だと思ってるのか？」

近づいても白が見つけられない。

「思ってる。幻は自分ではコントロールできない。あなたも赤い蠍を見て電話をしたでしょう」

「あの日、月子と一緒に見たかったから電話した。満天の星に、赤く燃える蠍を見た」

「それを私は今日知ったので、あなたは今日初めてその話をしている。コントロールはできないけれど、ルールはあるね。さあ、白。おいで」

足踏みから月子が一歩、彼に近づく。

「マーニーはアンナのおばあちゃんだろ?」

「『思い出のマーニー』はそんな話じゃない」

「月子がそう感じてるだけだ。人の思念が絶対に存在しないと思ってるのか? 世界はそんなに理詰めでできてない」

まだ、白が見えない。

「白の力を借りて、俺はここにいる」

最初から、白はこの家にいた。

月子を待っていたように見えた。

どこにもいかない。

はじめて出会った猫なのに、白は月子のそばを離れない。

白の存在そのものを、彼だと思うことも、思念だと思うこともできる。

どちらも、月子が決められる。

月子の問題で、月子の選択だ。

「やっと、辿り着いた」

「どこに？」

「次の岐路《きろ》だよ」

さあ。

どっちにいこう。

●女たち●

ブックカフェ「朝昼夜」には、一つ重要なものが足りなかった。

「力いるね。結構」

真昼の光の中でなめらかに潰《つぶ》したバナナに卵の黄身を入れながら、初めての定休日を迎えた「朝昼夜」のカウンターで、月子は花に焼き菓子のレッスンを受けていた。

開店して二年、「朝昼夜」は不定休ということになっていたが、実際のところ月子はほとんど店を閉めずにやってきた。

休みをどう過ごしたらいいのかわからなかったのだ。

今日から水曜日が定休日だ。

「子どもの頃はマッシャーが家になかったから、杓文字《しゃもじ》で潰してたわ」

アイボリーのエプロンをつけた花はオールドローズのニットの袖《そで》をまくって、時折月子に手本を見せてくれていた。

「マッシャーでやってもこんなに手が疲れるのに？」

常温にした無塩バターを白くなるまでかき混ぜて、マッシャーで潰したバナナに卵の黄身を混ぜて、月子はもう腕が痺《しび》れている。

「力あるのよあたし」

花は笑ったけれど、痩《や》せた声が、長く長く彼女が傷ついていることを、月子に教えた。

「ちょうど成長期に入って、当たり前に成長していく自分の体が怖くて。大きくならないように、自分で作り始めたの。お砂糖やバターを減らして」

その話を、初めて月子は花から聴く。

「だから自分でお菓子を焼くようになったのよ」

「そっか」

こういうときいつも月子は、この言葉だけを返してきた。

「無心になれた。でも自分で食べられる分量なんてたかが知れてるから持てあましちゃって、それで通販を始めたの。だからこのお店のためにたくさん作れるのありがたかったのよ。本当は」

「急には独り立ちできないよ。しばらくはまだまだ、お願いします」

「そうね。計画を立てましょう。メレンゲは問題ないわよね」

残っている卵の白身が入ったガラスのボウルに、月子が頷く。

無心になれた。

月子はこの店を始めて、無心になるために何が必要か、何故無心になりたいのかを思い知った。

卵の白身をハンドミキサーで攪拌《かくはん》すると、瞬く間に固い角を立てたメレンゲになっていく。

最近、花は弱音を聴かせる。長いこと聴かせなかった「生まれつき」の話をする。「朝昼夜」の焼き菓子作りがなくなることが、花を弱らせている。

やっぱりお願いお花。ここにきて焼いてくれないかな。半分をお願い。

様々な言葉が代わる代わる月子の喉元に上がっては、出ることなく消えていった。

薄力粉をふるい入れた生地にはクルミを混ぜて、170℃で熱しておいたオーブンに正方形のケーキ型を注意深く入れた。

「オーブンの焼き癖ってあるじゃない？　一回焼いてみて焼きムラがあったら、半分過ぎたところでトレイを反対にするといいわ」

「なるほど」

焼きムラはフォカッチャを焼いたときに気になったことを思い出して、同じ焼き菓子でも何度かは焼いてみないといけないと月子はメモをとった。

「いい匂いしてきた」

誰もいない真昼の店内は月子にも珍しくて、花と二人で広いテーブルに座って珈琲を飲む。

「あたしここ座るの初めてかも。随分大きなテーブルね」

「この古い檜の天板が先にあって、どうでしょうっていわれてよく考えずに大きく作ってもらったんだけど。檜好きだから」

開店準備の頃、バタバタはしていたが月子にはまだまだ判断力は足りていなかった。

「正直勧められるまま使った割には、しっくりきてるな。予算があったら、この真鍮《しんちゅう》の金具の読書灯はバンカーズライトにしたかったかも」

ミルク色のガラスでできた、一席一席に取り付けてある読書灯を眺める。

「洋画によく出てくる緑色の？　やりすぎよ」

デザインを仕事にしている花にそういわれて、この灯《あか》りがすべて緑だったらと想像したら、確かに映画的すぎると月子は噴き出した。

「客層変わってたかも」

「あり得るわ」

他愛のない話をしていたら、オーブンが鳴った。

ミトンをつけて慎重に取り出したケーキは手前の焼けが薄かったが、今日はこのまま食べようと粗熱《あらねつ》が取れるのを待つ。

「『野の花、春』。元の棚に戻したのね。また誰かくるかもしれないわよ？」

迷うようにずっとカウンターに立ててあった本が消えたことに、花は気づいていた。

「うん。あ。ねえお花」

「なによ」

「駅のコンビニで魔女の噂流したの、お花でしょう」

不意に確信を持って、月子は花を見た。

「ちょっと。とんだ言いがかりよ」

「ううん。絶対そう」

強張って警戒心に包まれていた月子の目の前に、照瑠を呼んだのは花だった。

足踏みしている照瑠と話せて、月子も時を進められた。

花が何を望んで照瑠にきれいな手招きをしたのか、今なら月子にもちゃんとわかる。

魔女仕事をけしかけるのと同じ理由だ。

うつくしいこと、やさしいこと、楽しいこと。

たくさんの女の子たちにそれを教えてもらいながら時に癒されていなければ、月子には照瑠のうつくしさがわからなかったかもしれない。

世界が、わからないままでいた。

照瑠がうつくしいということがわかって、よかった。

「あの本は思いがけず、私をいろんな大変な女の子に会わせてくれた」

素知らぬ顔で花は、道をつけてくれたのだ。

「また会えたら嬉しいから、元の棚に置いとく」

「いいんじゃない？」

気のない声は、絶対にわざとだ。

「そろそろ食べてもいいんじゃないかしら。二日目は味が全然変わるの。お店で出すなら翌日からがいいと思うわ」

月子の魔女は、するりと華麗に逃げていった。

「味が落ちつくってこと？」

それ以上は月子も魔女を追わない。

「こういうタイプの焼き菓子って、毎日味が変わるのよ。熟成していくの」

「楽しみだ」

花の教えを受けながら、正方形のバナナケーキを月子は小さく切った。

いつもの白いざらついた皿に、一つずつ載せる。

二人のマグカップに珈琲を注ぎ足して、広いテーブルで試食となった。

これが一番簡単でおいしく焼けるからと、最初のレッスンに花が選んだのがバナナケーキだ。

「これ」

まだあたたかいケーキを口に入れて、月子は二十年分の時間を遡《さかのぼ》った。

「中学の頃食べた！」

「ふふ」

焼いて学校に持ってきて、花は女友達にこのケーキを分けてくれた。

無心になれるの。

店の焼き菓子を頼んで、月子は花をいつの間にか依存させてしまっていた。

けれど花は、「朝昼夜」の焼き菓子の仕事がなければないで、自分で気晴らしを見つけられる。

ずっと、花はそうやって生きてきた。

「お花」

依存し合わなくても、花と月子は友達だ。

「我慢してきたこととかさ」

「うん」

「私、ちゃんと聴いたことない」

「そう?」

忘れているのではなく、きっと、花は流そうとしている。

「いやじゃなかったら、話してほしい」

流してほしいのだと思って、月子も流し続けてきた。

「どうして?」

「ずっと、お花の辛さをなかったことみたいにしてきた。私」

「気遣ってくれたわ。男も殴ってくれたし」

「ちゃんと話してない。触ってない」

「触ってほしくなかったのよ」

「……それなら」

「月子」

話さなくていいけどといおうとした月子を、名前を呼んで花が遮る。

バナナケーキを食べ終えるまで、ただ静寂が流れた。

ずっと、月子は花に話を聴いてもらうばかりだった。けれど最近少しだけ、花が自分の話をするようになった。

その痛みが存在してることを、月子は聴くまでちゃんとわかっていなかった。

「自分のことなのに、話し方がわからないの」

困ったように、花はいった。

「でも、ここにあるから」

フォークを置いて、そっと、花が自分の胸に手を当てる。

「少しずつ聴いて」

「話してほしい」

願いを、月子は花に告げた。

たくさんたくさん花に話を聴いてもらった。

だから今からはたくさんたくさん花の話を聴きたい。

世界を見たとき、最初に目にしたのは、覗き込む友のまなざしだった。

それが月子には世界の始まりだ。

「ねえアンナ」

「なにちょっとそれ」

不意にアンナと呼ばれて、月子が笑う。

「いい忘れてた大事なこと、思い出したのよ。あんたがそんなことというから。あたし、

『思い出のマーニー』は嫌いじゃないのよ」

「え?」

花の大仰な「大嫌い」を、月子はもちろんしっかり覚えていた。

「あたし、読み始めた本は途中でやめられないの」

「同じく」

「イライライライラしながら読んでた。愛されてるか不安で不安でたまらない子どもたち」

ずっと幼い頃から「生まれつき」のことを考えていたのだろう花が、イライラしたというのは月子にもわかる。

「だけど最後、ワンタメニーにちゃんとさようならをいったアンナに、声を上げて泣いたわ」

だから『思い出のマーニー』は嫌いじゃないのよと、花はいった。

「……お花は」

ワンタメニーと同じ地平に立って、誰のために泣いたの?

「私もそこ泣いた」

どうしても尋ねることは無理で、月子は小さく呟く。

あんたがそんなこというから。

このことを思い出したと、花はいった。

いない人みたいなのにちゃんと挨拶《あいさつ》をされたワンタメニーのように、花はたくさんのことをなかったことにして、時にはいない人のように生きてきたのかもしれない。

それで「アンナ」と、月子に呼びかけたのかもしれない。

「私」

声が掠《かす》れた。

「いいや。ちょっと泣こ」

右手で頬杖をついて、「やだな」と月子は泣いた。

「好きに泣きなさいよ」

同じ地平に立っている。

声を、かけ合うことができた。

「一度泣いたら、終わりだと思ってた」

「そう思うのはわかるわ」

頬杖をついている月子を見ないで、花は冬近い空を窓越しに見ている。

「でも終わらないのよ」

「そうみたいだ」

山で道に迷った彼と一緒に、月子は迷子になった。

二度と顔を上げることはないだろうと、思い込んだ時間も長かった。

どんな絶望に出会っても、終わらない。

大事なのはたった一つ、次の呼吸を忘れないこと。ただそれだけだ。

そうすればもしかしたら魔女が現れる。

うつくしいこと、やさしいこと、楽しいこと、それから世界はどう? と魔女がささやいてくれる。

もう一呼吸。できれば深く、息を吸い込んで。そして世界に解き放って。

大事なのはそれだけ。

次の呼吸を忘れないでいて。

とん。

二階の床が、いつもより少し大きく鳴った。

「今度会わせて?」

天井を見上げて、花が何気なくいう。

白のことだ。

「うん」

さあ。

次の岐路だ。

参考文献

『アンデルセン童話集　1』大畑末吉　訳（岩波書店）
『赤毛のアン』『アンの青春』モンゴメリ　村岡花子　訳（新潮社）
『思い出のマーニー』上下巻　ジョーン・G・ロビンソン　作　松野正子　訳（岩波書店）
『山に咲く花』畔上能力　編・解説　永田芳男　写真（山と溪谷社）
『山と溪谷　2023年3月号』（山と溪谷社）
『ドキュメント　道迷い遭難』羽根田治　著（山と溪谷社）
『ドキュメント　単独行遭難』羽根田治　著（山と溪谷社）
『「おかえり」と言える、その日まで　山岳遭難捜索の現場から』中村富士美　著（新潮社）
『「赤毛のアン」の秘密』小倉千加子　著（岩波書店）

レシピアドバイザー

●焼き菓子アドバイザー・『空色カフェ』店長　齋藤真弓
●バナナケーキレシピ提供・劉家秀（Liu,Chia-Hsiu）

※この作品はフィクションです。実在の人物・団体・事件などにはいっさい関係ありません。

集英社オレンジ文庫をお買い上げいただき、ありがとうございます。
ご意見・ご感想をお待ちしております。

● あて先
〒101-8050　東京都千代田区一ツ橋2-5-10
集英社オレンジ文庫編集部 気付
菅野　彰先生

西荻窪ブックカフェの恋の魔女

迷子の子羊と猫と、時々ワンプレート

集英社
オレンジ文庫

2024年2月24日　第1刷発行

著　者　菅野　彰
発行者　今井孝昭
発行所　株式会社集英社
〒101-8050東京都千代田区一ツ橋2-5-10
電話【編集部】03-3230-6352
【読者係】03-3230-6080
【販売部】03-3230-6393（書店専用）
印刷所　図書印刷株式会社

ISBN 978-4-08-680544-5 C0193

集英社オレンジ文庫

倉世 春

煙突掃除令嬢は妖精さんの夢を見る

～革命後夜の恋語り～

天涯孤独でワケありの煙突掃除人ニナ。
ある日、『革命の英雄』と呼ばれる
青年ジャンと出会うが…。革命後の
国を舞台にしたシンデレラストーリー。

コバルト文庫　オレンジ文庫

「ノベル大賞」募集中！

主催　（株）集英社／公益財団法人　一ツ橋文芸教育振興会

小説の書き手を目指す方を、募集します！
幅広く楽しめるエンターテインメント作品であれば、どんなジャンルでもＯＫ！
恋愛、ファンタジー、コメディ、ミステリ、ホラー、ＳＦ、etc……。
あなたが「面白い！」と思える作品をぶつけてください！
この賞で才能を開花させ、ベストセラー作家の仲間入りを目指してみませんか!?

大賞入選作

正賞と副賞300万円

準大賞入選作

正賞と副賞100万円

佳作入選作

正賞と副賞50万円

【応募原稿枚数】

400字詰め縦書き原稿100〜400枚。

【しめきり】

毎年1月10日（当日消印有効）

【応募資格】

性別・年齢・プロアマ問わず

【入選発表】

オレンジ文庫公式サイト、および夏ごろ発売の文庫挟み込みチラシ紙上。
入選後は文庫刊行確約!
（その際には、集英社の規定に基づき、印税をお支払いいたします）

※応募に関する詳しい要項および応募は
公式サイト（orangebunko.shueisha.co.jp）をご覧ください。
2025年1月10日締め切り分よりweb応募のみとなります。